秘密のノート

ジョー・コットリル 作
杉田七重 訳

小学館

秘密のノート

ジョー・コットリル 作
杉田七重 訳

装画・挿絵／後藤美月
装丁／中嶋香織

スティーブに捧げる

1

「やって、ジェリー！　お願い！」

「わかった。じゃあ先生が来ないかどうか、たしかめて」

わたしがそういうと、親友のカイマがこそこそ走っていって、教室のひらいたドアから廊下に顔をつきだした。

「まだ大丈夫。急いで！」

わたしは深く息を吸ってから、背すじをぴーんとのばす。

友だちは早くもくすくす笑いをもらしている。ほかの子たちもこちらに気づいてざわざわしだした。おしゃべりをしていた子たちも話をやめ、いったいなんのさわぎだと、こちらをふりかえる。

わたしは自分の席の横に、気をつけの姿勢で立っている。それに気づいたとたん、みんなの目がぱっと輝く。さあはじまるぞと期待しているのだ。

思いっきり肩をそびやかし、でもうちまたで、教室の前へちょこちょこ歩いていく。教壇の前に来たところで、ぱっとふり向き、教室内をぐるりと見渡してから、一度鼻をすする。それから顔をぴしゃりと右に向けて、ひどい鼻声でいう。

「マーシャル、きみは自分のしていることがわかっているのかね？」

いわれたマーシャル本人もふくめ、みんながどっと笑う。

「きみは貴重な時間をムダにしているのだよ」

わたしは眉間にしわをよせてマーシャルをぎろりとにらむ。

またもや爆笑。マーシャルは机の上につっぷして大笑いしている。

そこでこちらは天井を見上げ、あきれたように目をぐるんとさせる。四角い天井パネルについた細長い照明を見ながら、「はあ、情けない」といってため息をつく。

そこでふいに笑いがやんだ。

「アンジェリカ・ウォーターズ、きみは自分のしていることがわかっているのかね？」

すぐうしろから、わたしのモノマネとそっくり同じ鼻声がきこえてきた。クラス担任のレンク先生だ。

わたしは先生をふりかえって、にっこり笑う。

「おはようございます、先生。朝食はしっかり食べてきましたか？」

レンク先生は天井を見上げ、あきれたように目をぐるんとさせる。ついさっきわたしがやったのとまったく同じしぐさ。それからため息をついていう。

「アンジェリカ、きみには何をいってもムダなようだな」

「すみません、レンク先生。でも、わたしにまねされるのは誇りに思うべきです」

「誇り？　子どもにばかにされて何がうれしい？」

冗談じゃないというように、先生は両まゆをつりあげた。

「先生は非常に表情豊かで、決めゼリフだってあるんですから」

先生はこみあげる笑いに、くちびるがひくひく動いている。さっきまで怒っていたのに、もうこれだ。先生たちはいつまでも怒っていられない。わたしに悪意はないと知っているし、先生だっておもしろいものはおもしろいのだ。主事のハーディングさんのモノマネをしたときも、先生は必死に笑いをこらえていた。

「とにかくすわりなさい」

早くも無罪放免。

先生が出席を取りはじめると、わたしはふたりの親友カイマとサンヴィにはさまれて、あいだの席に腰をおろした。

長い三つ編みを顔の前でゆらしながら、カイマが「やったね！」と、親指を立ててみせる。サンヴィも笑顔を向けてきたものの、その顔には「大丈夫？」という心配も見て取れた。わたしが何かいけないことをすると、サンヴィの茶色い大きな目はますます大きくなる。三人のうち、いちばんお行儀がいいのがサンヴィで、よくハウスポイント（善行や優れた行いをした生徒に贈られるマーク）をもらう。

サンヴィの家は厳しくて、大人にさからうことなどありえなかった。

出席の確認がすむと、集会のために講堂へ移動する。やだなあ、またたいくつな時間……と思っていたら、ベリーズ校長先生がこんなことをいいだした。

「みなさんも知ってのとおり、夏学期（四月から七月）の終わりにはタレントショーが開催されます」

そこでしばらく芝居がかった間をおいたかと思うと、目の前で両手をひらひらさせながら、

「Ｋファクター！」と校長先生がさけんだ。

床にすわっている全校生徒が興奮にざわめく。Ｋは、うちの学校名キングズウッドの頭文字。テレビのオーディション番組「Ｘファクター」をもじっているのだ。ステージの上で得意の芸を披露して、もし優勝すれば、事務室のキャビネットに飾ってある大きなトロフィーに自分の名前を刻むことができる。

わたしは毎年エントリーしているけれど、一度も優勝したことはない。去年はカイマとサンヴィと三人でお笑いコントをやって三位どまり。でも、あれからわたしのモノマネにはどんどんみがきがかかって、いまではみんなに喜ばれるようになった。だからきっと、今年は優勝がねらえる。

校長先生の話はさらに続く。

「そこで今朝は、芸達者な人々の、すばらしいパフォーマンスをみなさんにお見せしましょう。驚くべきことに、演者はすべて子どもです！」

プロジェクターのスクリーンがするするとおりてきて、世界中の子どもたちが披露する驚きのパフォーマンスが映し出される。足でピアノをひく子、うしろ宙返りを連続二十回する子、穴あきのミントタブレットを四十三個つかって塔を建てる子。

映像が消えると、校長先生がまたしゃべりだした。

「さてみなさん、わたしは何も、このキングズウッドから、次世代のモーツァルトやハリー・ポッターを生み出さなくてはならないと、そんなことを思っているわけではありません。はい、なんでしょう、アンジェリカ？」

わたしは勢いよく手をあげていた。

「あの、ベリーズ校長先生」同情するような声音でいう。「ハリー・ポッターは現実には存在しないって、ご存じですよね？」

どっと笑いが起き、わたしの胸はワクワクする。

「えっ、そうだったの？」先生がショックを受けたふりをする。それから声の調子をがらりと変えた。「ありがとう、アンジェリカ。きっとあなたはそういうと思いました。わたしがいいたかったのは、みなさんのなかにはマジックを披露したいと考える人もいると……はい、アンジェリカ？」

「ホウキに乗って空を飛ぶのは、この学校では許されているんでしょうか？」

ここはグッとていねいな口調できく。

「アンジェリカ、あなたにそれができたら、みんな感心するでしょう」

軽くあしらわれた。

「さて、オーディションまでにはまだ間があります。そのあいだに、どんなパフォーマンスをするのか、入念に計画を練りましょう。脚本を書いたり、リハーサルをしたり、校外で時間を見つけて友だちと練習したりしてもいいですね。いつものように、最終審査では特別なゲストを審査員に迎えます！」

ずいぶんすごいことのようにいうけれど、その特別ゲストというのは、たいてい校長先生の娘だった。ジュリーという名前の俳優で、知らない人はいない超人気連続テレビドラマ『イーストエンダーズ』に出演したことがある。

講堂から出るときにおしゃべりは禁じられていたけれど、もちろんわたしたちはだまっていない。

「ねえねえ、やっぱジェリーはモノマネで行くべきだよ」

声のボリュームはおさえているものの、興奮をかくしきれずにカイマがいう。

「主事のハーディングさんとか。レンク先生もいい」

するとサンヴィがうしろからひそひそ声でいう。

「それって、いいのかな？　ひょっとして、モノマネで傷つく人っていない？」

「ないない」

カイマが手をはらってサンヴィの意見をはねつける。

「いたからって、どうだっていうの？　どうせ今学期で、みんなおさらばなんだから！」

サンヴィはだまりこんだ。

「問題は」とカイマ。廊下に入ったので、声の大きさがふつうにもどっている。「あたしたちが何をするかってことよ。サンヴィとあたしで何ができる？」

「ジェリーがいなくちゃ、お笑いコントはムリ。わたしたちだけじゃ、おもしろくないもん」

「おもしろくないのはサンヴィだけ。あたしはおもしろいっショ」

わたしは声をあげて笑った。

「何をしたらいいか、いっしょに考えてあげるよ。時間はたっぷりあるんだから」

「マジックもいいかなあ。サンヴィをのこぎりでまっぷたつに切るとか」

カイマのアイディアをききながら、わたしたちは教室に入った。

午後の授業になると、身体がうずうずしてきた。人前で芸をするのは大好きだった。自分がいちばん得意なことを、だれもが好きだといってくれるわたしの特技を、ステージに上がって、みんなの前でやってみせる。そのチャンスがやってきた！　ああ、もう、待ちきれない！

2

「おい、ジェリー！　待てよ！」

放課後、校庭でウィル・マツナガが追いかけてきた。赤毛の髪を短く刈りこんで、顔にはソバカスがいっぱい。太陽を長いこと見つめていたら、ソバカスはもっと増殖しそうだ。

「おまえさ、Ｋファクターでモノマネするんだってな。それで提案しようと思ってさ」

そういうと、ついてきた仲間ふたりにちらっと横目を向ける。

「何をやってほしいの？」

わたしはきいた。

「セイウチ」

いったそばから、仲間がくすくす笑いだした。

「セイウチ」

わたしはくりかえした。血管に冷たいものが一気に流れこみ、手がかすかにふるえる。セイウチは大きくて太っている。うつむくと、クラスの女子のだれよりも大きな、でっぷりとしたウエストまわりが目に飛びこんできた。ウィルと仲間はいまでは遠慮なくゲラゲラ笑っていて、わたしがどう出るか待っている。

人から傷つくことをいわれたとき、選択肢はふたつある。ひとつは、ごくあたりまえの反応。「いまのすごい傷ついた、あやまってよ！」と怒る。

わたしはそれはやらない。

選択肢その二――笑い飛ばす。

口の両はしに人さし指をつきたてて牙に見せかけ、頬をふくらませる。両肩を頭まで持ち上げて首をぎゅっとちぢめ、ウーッと低いうなり声をあげた。

うれしくてたまらないというように、ウィルが顔を輝かせる。

「いいじゃん！　いいじゃん！　そっくりだよ！　モノマネのなかに、それも入れてみなって！」

ウィルはゲラゲラ笑いながら友だちを連れて走りさる。でもウィルたちは「わたしを」笑っているんじゃない。「わたしと」笑っている。

だからわたしはいつだって、二番目の選択肢を取る。

さて帰ろう。十一歳になったので、今年から親に送り迎えをたのまずにひとりで歩いて帰る。大通りをいくつか横断し、家々のあいだの短い路地をぬけて、公園ぞいの道を進んだ先にわが家がある。

公園まで着いたところで、歩をゆるめた。みんなそうすることに、わたしは以前から気づいていた。大むかしのガムがこびりついた灰色の道はさっさと通り過ぎたいので、みんなそそくさと歩くけど、草地と花壇に囲まれた公園ぞいの道はみんなゆっくり歩くのだ。

　モノマネをするなら、いつでも観察眼をするどくしていなくちゃいけない。わたしは人間観察が大好きで、そのすべてがモノマネに生きてくる。

　さてあとは急いで帰ろう。公園のつきあたりを左へ曲がり、うちのアパートがある、奥が行き止まりになっている小道へ入っていく。ずんぐりした低層のアパートで見た目はよくない。うちは二階なので、庭はない。エントランスを通りぬけて、一段飛ばしで階段をかけあがる。

　うちの部屋の白いドアは、この建物のほぼすべてのドアと同じで、ペンキがはげている。キーホルダーについている鍵でドアをあけ、「ただいま」とママに声をかける。ママは自分の寝室においてある小さな机で仕事をしていた。化粧品の通販会社をやっていて、マスカラやアイシャドーなんかを売っている。だからうちには山ほどの化粧品がおいてあった。

「お帰りなさい！」ママがいう。「いまね、ひとつ注文の処理をしていて終わったらいっしょにお茶を飲めるけど、それでいい？」

「ぜんぜんいいよ！」

　わたしの部屋はこぢんまりしている。つまり狭いってことだけど、ぜんぜんかまわない。自分には（そりゃあ、身体は大きいけど）、これで十分だと思っているから。壁紙は花柄だけど、そんなに派手なものじゃない。かたすみが少しはがれかかっているのは、湿気のせいだとママはいう。それで引き出し式のチェストをおいて、その部分が隠れるようにしてある。通学かばんを床に落とし、靴を乱暴に脱ぎ捨ててベッドにとびあがる。学校は好き。友だちも好きだし、みんなを笑わせるのも好き。でも一日が終わるとなぜだかいつも、ぐったり気疲れしていた。

寝ころがって天井を見つめる。今日はすごくいい日だった。レンク先生のモノマネにクラス全員が笑ってくれたし、Kファクター開催のニュースもあった……カイマとサンヴィとも、いつものように仲良し。

だけど……でも……。

セイウチ。そのひとことが、頭のなかで何度も響いている。それさえなければ、最高にすばらしい一日だったのに、その言葉が飛んできた一瞬で、すべてが台なしになってしまった気がする。傷ついた。いつだって傷ついている。そんなことなんでもない、気にするなって、自分にどれだけいいきかせたかわからない……でもだめ。気になって気になってしょうがない。

まくらの下に手を入れる。こういうときにいつもやることがあった。こういうときっていうのは、ジェリーがふたりになって、そのうちのひとりが、もうがまんできないって大声でさけびだしたとき。

まくらの下には特別なノートが入れてある。ピンクのカバーに貝の模様が散っていて、正面に『わたしはときどきマーメイド』とタイトルが入っている。去年のクリスマスにママからもらったプレゼント。いかにも女の子が好きそうで、わたしもこういうのが好きだとママに思われている。だからこれに秘密を書くことにした。表紙を見れば、なかに描いてあるのは、かわいいハートやユニコーンの絵だろうとしか思わないし、ママが好奇心にかられてめくってみることもない。もしなかを見たら、きっとショックを受けるだろう。
　わたしは何も書いていないページを見つけて、（表紙に似合うきらきらピンクの）ペンに手をのばす。そうして書きはじめた——。

セイウチ

足ひれのある哺乳動物が
でかい身体で　デレデレ動き
ウーウーうなる
笑えるほどにぶよぶよした　分厚い皮
するどい言葉がぐさりと刺さり　ぐすぐすと泣く
言葉を投げたのは、制服を着たスリムなアザラシ

ママの部屋の床がきしむ音がして、あわててノートをまくらの下におしこむ。ママがドア口に現れた。

「学校はどうだった?」

にっこり笑っていう。

わたしも笑顔になっていう。

「今日もサイコー!」

3

ママは緑茶を飲んでいる。おかしなにおいがするけれど、身体にはいいらしい。わたしはいつも飲んでいる紅茶が好き。濃いめにいれて、お砂糖をスプーン一杯入れて飲む。お茶を飲みながら、ベリーズ校長先生のモノマネで、ママにKファクターのことを教える。

「やだ、何から何までそっくり!」

ママが声をあげて笑う。

「今年はモノマネをやろうと思って」

「ひとりで？　それはたのもしいわ。あっ！」

そこでいきなりはじかれたように立ちあがった。

「ドーナツを買ってきたんだった！　待ってて……」

キッチンでパンの保存容器をあける音がした。ママが紙袋を持ってもどってくる。

「はい、どうぞ」

「おいしそう！　ジャムとお砂糖のドーナツ。わたしの好きなやつだ。ありがとう、ママ」

ママは腰をおろし、わたしににっこり笑いかける。うちのママはとてもきれいだ。顔はほっそりした卵形で、瞳はわたしと同じグリーン。笑うと目じりに小さなしわがよって、ファンデーションとパウダーもいっしょによれる。いつでもマスカラをぬっているまつげは長くてふさふさして、日中でもまぶたの上下に黒々とアイラインを引いている。髪は、ほんとうは薄茶色だけれど、ホワイトブロンドに染めている。ものすごいスリムで、毎朝ヨガをやっていて、通りを歩けば、みんながふりかえる。人目を引く美女だった。いっしょにいると、わたしまで誇らしい気持ちになる。

ドーナツにかぶりつくと、しみだしたジャムがあごにたれた。ママが笑って、指でふきとってくれる。きれいにネイルペイントをした爪。

「ドーナツっていうのは口を汚さずには食べられないんだって、何かで読んだことがあるわ」

「よし、じゃあやってみよう」

ドーナツにかぶりつくわたしを見て、ママが小さくため息をついた。

「いいなあ、ドーナツ」

「ひとつ食べれば？　それぐらい、どうってことないでしょ」

「きっと後悔する」

ママが首を横にふる。

「あなたは若いんだから、いまのうちに好きなだけ食べておきなさい！」

そういって上品に緑茶を一口飲む。

「今夜出かけるけど、いい？」

ふいにドーナツがのどにひっかかった。せきこんで、紅茶をがぶりと飲みこむ。

「クリスと？」ママの顔を見ないでいう。

「そうよ」

クリスはママのボーイフレンドだ。わたしはあまり好きじゃない。なぜママはあの人が好きなのかわからない。悪口をいえばママはいやがるけれど、あの人は……とにかく、あんまりいい人じゃない。クリスといっしょに出かけて帰ってくると、ママはしょげかえっていることが多い。クリスがひどいことを口にしても、あれは本気じゃないのよと、ママはいつもかばう。

本気に決まっていると、わたしは思う。だから、あの人がうちに来て過ごすのは、ものすごくいやだった。今夜は外に出かけて、せめてここにはいないわけだから、ありがたいと思わなきゃいけない。

「ロージーが来るの？」

　わたしはきいた。ロージーは上の階に住んでいる十四歳の女子で、いつもスマートフォンにかじりついている。

「そう。七時に来てくれるから」

「わかった」

　わたしはいって、テーブルに目を落としたまま口をつぐんでいる。

「どうかした？」

「しないよ」

　そういって、にっこりママに笑いかける。

「大丈夫だから」

「じゃあ、仕事にもどらないと。三十分前に新しい注文が続々と入ってきたの！　新色のアイシャドーの評判がよくって、飛ぶように売れていくの。大量に買い付けてはいるんだけど、注文にまにあわせるようにしないと……それに代理店になりたいっていってきた、メイジーっていう女性にも折り返し電話をかけなきゃ……」

　いいながら、自分の寝室へ向かう。

「何か用があったら、大声で呼んでね！」

わたしはドーナツを食べる。食べ終わってから、口のまわりがベトベトになっているのに気づいた。

「ママ、口を汚さずに食べられたよ！」

大声でうそをいう。

「ホントに？　すごいじゃない！」

ママの声が返ってきた。わたしは思わずにんまり。ママからほめてもらうのはいつだってうれしかった。


ドアのブザーが鳴ったとたん、胃がずしんと重たくなった。クリスだ。もしロージーだったら、階段をかけおりてきて玄関のドアをノックする。ブザーなんか鳴らさない。ベッドの上にすわって宿題をやっていたわたしは、立ちあがって部屋のドアを閉めた。クリスとは顔を合わせたくない。ママは出かけるしたくにえんえんと時間をかけている。メイクを一からやりなおし、コーディネートした服やアクセサリーを少なくとも三回は全取っ替えしていた。

廊下で声がきこえる。キスをしているらしい音もして、オエッとなる。クリスが声をはりあげた。

「まだ来てないって、どういうことだ？」

ママが何かぼそぼそいっている。

「だが七時に来るようにいったんだろ？　あの＊＊ガキときたら、時間どおりに来たためしがない」

〝あの〟と〝ガキ〟のあいだにはさまった汚い言葉はききたくなかった。クリスはしょっちゅうそういう言葉をつかう。

ママが機嫌を取るように何かいったものの、クリスはあっさりはねつけた。

「けっこうだ。こんなところで飲みたかない。こっちは、一日中働きづめでへとへとなんだ。さっさと外に出て、気分転換がしたいってのが、どうしてわからないんだ？」

声が大きすぎるのも、この人のいやなところだった。

ききたくないのに、わたしの部屋のすぐ前でしゃべっているからどうしても耳に入ってくる。ママが何かいって、それからすぐ、外の階段をのぼる足音がきこえた。きっとママはロージーを呼びに行ったんだろう。

クリスはしばらく怒りながら廊下をうろうろしている模様。と、いきなりわたしの部屋のドアがあいてびっくりした。ノックもしないなんて失礼だ。

クリスが顔をつきだしてきた。やせこけて、ずる賢そうな顔。『ハリー・ポッター』に出てくるアーガス・フィルチに似ている。大きな鼻に比べて、目がとても小さい。頭と身体がちぐはぐな、いわゆるずんぐり体形。あんまり頭がよさそうに見えない。

「やあ、ジェリー」

そういって、わたしをじろじろながめまわす。

「こんにちは、クリスさん」

それだけいって、また宿題に目をもどす。

招(まね)かれもしないのに、クリスが部屋に入ってきた。カーペットの上に立つと、両手をポケットにつっこんで室内をぐるっと見まわす。とたんに部屋がひとまわり小さくなった気がする。

「いい年をして、まだ『マイリトルポニー』のポスターなんて、はってるのかい？」

顔がかっと熱くなった。そのポスターは四年ほど前からはってある。いい思い出がたくさんつまったポスターだった。

「きみの年代なら、男の子のアイドルグループに熱をあげて、ショートパンツをはいてみたいと思うんじゃないか」

そういって、部屋のすみまで目を走らせる。

なんとこたえていいのか、わからない。部屋から出ていこうにも、クリスがドア口をふさいでいる。

「いや、ショートパンツはないな」

わたしの脚(あし)にちらっと目をやってそういった。

「きみは母親似(に)じゃないんだな」

そこへママがもどってきて、心からほっとした。わたしの部屋のドア口に立って、晴れやかにいう。

「大丈夫！　いまロージーがおりてくるから」

階段をおりてくる足音がした。ロージーがイヤホンできいている音楽も、かすかにもれきこえてくる。いつでもボリュームを上げすぎだった。

「待たせやがって」

クリスがいい、くるりと背を向けて部屋から出ていった。ドアはあけっぱなし。かすかな音楽はリビングルームへ入っていく。

ママが入ってきてわたしをハグした。

「夜ふかしはだめよ。明日は学校なんだから」

わたしもママをぎゅっと抱きしめる。このまま放したくないと一瞬思ったけれど、ママのほうから離れた。わたしはうなずいて、いつものように笑顔でママを見送る。選択肢その二——笑顔。

玄関のドアがカチッといって閉まったとたん、選択肢その二がわたしの顔からすべり落ち、代わりにぶすっとした表情がはりついた。

4

宿題にもどろうにも落ち着かない。心のなかから何か大事なものがうばわれたようで、ぽっかりあいたその穴を、何か代わりのものでうめないといけない気がする。

わたしの秘密のパワー

わたしの秘密のパワー
両手のなかにひそんでいて
クモより確実に獲物をしとめる
それをつかえばなんでもできる

おまえの目玉を焼き尽くし

おまえの肺から空気をぬき
おまえの心臓と脳と血をとめ
おまえの舌を引きちぎる

だから思い出せ
今度わたしを侮辱したり
わたしのママを失望させたりしようものなら
どんな報いを受けることか

邪悪で
短気な
ゲス野郎

ほんとうに秘密のパワーがあったらいいのに。けれど詩を書いたあとも、心がスースーする感じは消えない。それでリビングルームへふらりと出ていった。案の定ロージーはソファにすわってスマートフォンにかじりついていた。画面の上で指をすいすい動かしてスワイプしている。イヤホンをつけているので、近づいていって肩をぽんとたたく。と、ロージーがとびあがって悪態をついた。

「やめてよ！　心臓発作を起こすかと思った！」

そういってイヤホンを耳からはずす。

「ごめん。何やってるの？」

「写真の加工。ほら」

ソファに並んで腰をおろすと、ロージーがスマートフォンの画面を見せてきた。すごくきれいな女の子の写真。

「これ、だれ？」

ロージーがくすくす笑う。

「わたし」

「えっ？」

「アプリがあるの。見せてあげる」

ロージーがオプションのアイコンをクリックしてスクロールしていく。

「自分の写真を撮って、それを好きなように修正加工できるの。目の色も変えられるし、小顔にして、リップをもっと赤くして、目も大きくできる。ジェリーでやってみよう」

こちらに考える暇も与えず、パチッと写真を撮られた。

「さあて、どうしようかな」

ロージーは画面の上で指をひらひら動かす。

目の前で自分の顔がみるみる変わっていく……。

ロージーがスマートフォンをわたしの目の前にかかげてにっこり笑う。

「どう？　すっごいきれいじゃない！」

わたしは食い入るように見つめた。写真に写っているのは、自分よりずっとほっそりした女の子。丸顔じゃないし、くすんだ緑の瞳が、いまは明るく輝いている。くちびるは薄いピンク色で、ボリュームのある髪がウエーブを描いて額にこぼれている。これはまるで、ディズニー映画に出てくるプリンセス。

「すごい」

それだけいうのが精一杯だった。

「あとね、スーパーモデル風にもできるんだよ」

ロージーは自分の作品を満足げにながめている。

「全身を修正できるアプリがあるの。それで加工したわたしの写真を見せてあげる」

数秒もしないうちに、ビキニ姿のロージーが画面に現れた。すらりと長い脚が小麦色に日焼けしている。まるで香水やファッション誌の広告に出てくるモデルさんみたいだった。

「ほら立って。ジェリーにもやってあげるから」

「やめて！」

思わず強い口調になった。

「あっ、いいの、わたしはいいから。ロージーの写真でやって」

ロージーはいわれたとおり自分の写真を加工していき、街でよく見かける広告写真のようなものができあがっていく。なめらかな肌にほっそりした身体。そこに写っているのは、わたしがあちこちで目にする、どこから見ても完璧な女の子だった。

「こういうふうになりたいと思う？」

自分の耳にもばかな質問にきこえる。

「そりゃそうよ」

顔もあげずにいった。

「そう思わない人間なんている？」

その夜ベッドに入っても、ずっと天井を見上げていた。加工した自分の顔が頭から離れない。ロージーが「すっごいきれい」といった顔。ほんとうにそうだった。びっくりするほどきれい。もちろんわたしだって、あんなふうになれたらいいと思う。ただし、現実にはムリだ。コンピューターがつくりだした、自分には似ても似つかない顔。あそこまで完璧な人間は現実にはいない。

じっと見つめる

壁をじっと見つめる
白くなめらかで、きれいな壁
でもそれを裏でささえているのは
へりのするどい、でこぼこしたみにくいレンガ
バラバラになって落ちてこないよう
セメントで接着されている
つまり、白くなめらかで、きれいなのは壁の表面だけ
みんなは白くなめらかで、きれいなものが好き
その下に何があるのか、知りもしないで

5

翌日の金曜日、むくんだ目のママがあくびをしながら朝食の席に現れた。

「昨日の夜は楽しかった?」

わたしはきいた。

「ああ、まあね。ただ……うーん、ちょっとね」

そういって肩をすくめてみせる。

「ちょっと何?」

わたしはいって、ココア風味のシリアルをボウルに入れる。

ママは緑茶を入れたマグカップを片手に持って席に着く。

「たいしたことじゃないの。キングズアームのパブへ行ったら、クリスの仲間がいた。もちろん、それがいやってわけじゃないのよ。そんなことは気にしない。みんなで数年前にいっしょに過ごした休暇の話からはじまって、そのときにみんなでつくっていたサッカーチームの話になった。ほとんどクリスがしゃべってたんだけど……」

そこでちょっと間をおく。

「わたしは話に入っていけない、とまあ、それだけのこと。でもね、べつに話題に入っていけなくても、そこにいるだけで楽しかったの」

口調はぜんぜん楽しそうじゃない。

「わたしはもっぱらバンドの演奏に耳をかたむけていた」

話の先を続けるママの顔が、心なしか明るくなった。

「バンド？」

「そう。あの店、いつごろからか、ライブ演奏をするようになっていてね。ジャンルもいろいろで、カバー曲もあれば、オリジナル曲もあった。よかったわよ」

にっこり笑う。

「犬が出てくる曲もあって――」

「犬？　ポップスに犬って？」

ママが声をあげて笑う。

「ポップスというより、バラードね。その犬はある男の人に出会って友だちになった。そうして、自分のしてほしいことをなんでもしてくれるよう、犬がその男性をしこんだの。じつに頭のいい犬」

そこでママが考えこむ顔になった。

「だけど、曲の最後のほうでは、男の人は犬をかまわなくなって、しまいに家にも帰ってこなくなった。残された犬は、男の人の帰りをひたすら待って……」

わたしはママの顔をまじまじと見た。

「やだ。それって……すごく悲しい」

口には出さないけれど、わたしには、ぶきみな曲としか思えなかった。ふだんだったらママだって、そういう曲には心をひかれない。むしろ男に捨てられた女の子が復讐をするような曲が好みだった。

ママは昨夜の光景を思い出しているように、ソファのほうをぼうっと見ている。

「よくできてると思わない？　大げさな言葉をまったくつかわない。きいている人間をさりげなく曲の世界へひきこんで、気がついたら、あまりにも悲しい結末が待っていた」

ママはマグカップを両手で包みこんだ。

「すごくいい曲だったわ。それにヴォーカルの男性の声も。すごくひきこまれた。それからしばらくして、ちょっと頭痛がしてきたんで、家に帰ってきたの」

「ふたりが帰ってきたの、わからなかった」

ふつうならクリスのばかでかい声で目が覚めるはずだった。

「ひとりで帰ってきたの。クリスは仲間とクラブへ行った」

男女交際にくわしいわけではないけれど、わたしにいわせれば、それは交際相手に、やってはいけないことだ。女性を夜に連れ出しておきながら、彼女のことは無視して、あげくの果てにひとりで家に帰らせるって、どういうこと？　口に出していいそうになるのを、くちびるをかんでこらえた。

ママにはもっといい交際相手がいていいんじゃない？

6

学校へ歩いていきながら、なんとなく悲しくなっている。べつにパパが欲しいわけじゃない。わたしのパパはずっとむかしに家を出ていったから、顔も覚えていない。だけどママを幸せにしてくれるパートナーがいたらいいなとは思う。

校庭は子どもと親でいっぱいだった。人間観察にはもってこいの場所。モノマネがうまくなりたかったら、人の歩き方を観察し、話しているときに頭をどうもたげるか、しゃべるときに手ぶりをつかうのか、つかわないのか、そういうところまで見きわめないといけない。なかにはとても表情豊かな人がいて、そういう人がいちばんまねしやすい。とはいえ、表情をまったく顔に出さないというのは、不可能に近い。にこりともせず、まゆも動かさないで話す人はまれだ。実際自分でやってみれば、どれだけ難しいかすぐわかる。エマ・オジョベのパパが、そのめずらしい例で、一度そのモノマネをエマの前でしてみせたら、思いっきり恐がって、二度としないでくれといわれた。

「ジェリー！」

カイマが走ってきた。

「見てみて、ほら」

差しだした手には、五本の指の爪すべてにきらきら輝く小さな飾りがついていた。

「きれい！」

わたしはいった。樹脂をつかったジェルネイル。ネイルサロンでやってもらったんだ。ママもやっているから一目見てわかった。

「フリスとネイルサロンに行ったんだよ」

フリスはカイマよりずっと年上のお姉さんで、コーヒーショップで働いている。

「今度ジェリーもいっしょに行こう」

カイマの指は細くて長い。わたしの指は太くて、爪は四角い。その指をカイマの目の前でひらひらさせながら、つくり声でいう。

「やめてよ、ベイビー！　こんな太い指、どんなネイルをしたって、キュートにはならないんだから！」

カイマがゲラゲラ笑い、わたしに調子を合わせてくる。

「ハニー、あなたはまだ自分の魅力がわかっていないだけ。ネイルサロンを信じなさい。あなたの魅力をひきだしてくれるわ」

ふたりしてくすくす笑う。カイマはわたしほどモノマネはうまくないけど、これはばかげたお遊びだからかまわない。魔法の国を舞台にポニーたちが活躍するテレビアニメ「マイリトルポニー」を観はじめてからというもの、わたしたちはもう何年も同じことをやっている。カイマはラリティでわたしはピンキーパイ。三年生のときは、丸一年それで通した。ポスターを部屋の壁にはったのもそのころだ。

そこへサンヴィがやってきた。

「カイマ、Ｋファクターについて相談できる？」

「あたし、いっぱい考えたよ」とカイマ。「歌を歌ってもいいし、パントマイムをしてもいい。台本を書いてコントをするとか、体操の技を見せるとか——」

サンヴィがぞっとした顔をする。

「わたしは側転もできないのよ！　それよりダンスはどう？」

サンヴィは毎週土曜にインド舞踊を習っていて、それがとってもうまい。

「このあたしに、踊れって？　冗談でしょ」とカイマ。

サンヴィが浮かない顔になる。

今日は太陽が出ていて、ばかでかい教室の窓から強い日ざしが差しこんでくる。午前の時間が過ぎていくにつれ、スカートが脚にはりついてくるのがわかる。ランチはマカロニチーズで、何ひとつ残さずぺろりと食べた。胃がむかむかするのは食べ物のせいじゃなく、ランチのあとに体育の授業がひかえているせいだ。

体育は好きな科目だった。外を走りまわるのが大好きで、力は強いし、足も速いし、球技も得意。問題なのは授業の前と後。その時間がたまらなくいやだった。

レンク先生が出席を取り終わり、ジョーンズ先生が教室に入ってきた。丸顔の女の先生で、目と目のあいだが広くあいていて、長い鼻がまっすぐのびている。オレンジの香りがして、シューズのひもはいつでも蛍光色。

「じゃあ、みんな！」

教室のなかだというのに、甲高い声でさけぶのは、いつも外で大声を出しているせいだろう。ふつうの話し方を忘れている。

「着替えて！」

去年までは、男子も女子も同じ教室で着替えていた。それがわたしはいやだった。まるで全員の目が自分に向いていて、ウエストまわりにのっかっている、だぶついたぜい肉に注目している気がしてならない。今年からは男子はいつもどおり教室で着替えるけれど、女子は廊下のつきあたりにある部屋で着替えることになった。以前よりはましだけど、それでもほかの女子の身体は……わたしとは似ても似つかない。みんなスリムで、脚も細い。それを見ていると、頭に血がのぼってきて、自分がはずかしくてたまらなくなる。女子は何もいわないけれど、この身体を見た瞬間、相手が何を考えるか、痛いほどわかっている。

——よかった、自分はああじゃなくって。

見ないで
見ないで
わたしを見ないで
服に隠れた部分を見ないで
ぎょっとして目を大きく見ひらき
おぞましい物でも見るように
わたしの肌を見ないで
わたしのぶよぶよの肉を
わたしの服の奥を
見ないで

今日の授業はサッカー。わたしの得意なスポーツだ。足が速いし、ボールのあつかいもうまい。ヴェリティ・ヒューズがわたしを選んで自分のチームに入れた。こちらは赤いゼッケン、敵は黄色のゼッケンをつける。古いゼッケンは、すそのゴムがのびきっていて用をなさない。この学校にあるものは、たいてい古びていて、新しいものに取り替える必要があった。

「これ見てよ」

両わきのすそに指をつっこんで、ゼッケンの前をおしだしてみせる。

「ゴムがのびきってる！」

「よかったじゃない！」

ヴェリティがニヤッと笑っていう。

「もしゴムがきいてたら、ジェリーの胴体はまっぷたつ」

わたしはいっしょになってゲラゲラ笑った。ヴェリティはクラスのなかでいちばん色白で、やせていて、肌がきれいな女子だった。

ジョーンズ先生がふたつのチームを校庭のいちばん奥にあるコートへ移動させた。黄色いゼッケンをつけたウィル・マツナガが、試合開始直前にわたしを呼んで宣言する。

「アンジェリカ・ウォーターズ、今日はこてんぱんに打ち負かしてやるぜ！」

「そうはいかない！」

わたしはいいかえし、試合がはじまった。ヴェリティはサッカーが大の苦手。ボールを強くけったはいいものの、方向がめちゃくちゃで、たいてい敵のチームにスローインを取られる。それがほんとうに頭にくる。あっという間に三対ゼロまで敵にリードされ、ウィルはもう得意の絶頂だった。車にはねられて死んだ動物を道ばたで見つけた、太ったカラスみたい。

「オレのいったとおりだろ、ウォーターズ！」

そういってギャーギャー騒いでいる。

わたしはやつの頭越しに、ゴールに向かって力任せにボールをける。

――高すぎた。

なんでもかっかしてやっちゃいけない。ボールはゴールてっぺんのクロスバーを飛び越えて、べつのコートに入ってしまい、そちらから文句が飛んでくる。

「ごめん！」わたしはさけんだ。「力を加減しなかった！」

ウィルが首を横にふり、わたしをからかう。

「ジェリー、おまえはアメコミに出てくる超人ハルクだな。怒ると大男に変身してパワーを制御できない」

「怒ってなんかない」

わたしは、むっとしていった。と、ボールがいきなりこちらへ飛んできた。驚いて身体をひねった拍子に、すてんとぶざまに転び、おしりをしたたかに打った。ウィルがやかましい声で大笑いする。

「大丈夫？」

ヴェリティが手を貸して立ちあがらせてくれるものの、顔が笑っている。

「大丈夫」

わたしはいって、あまりの痛さに涙が盛りあがってきた目をパチパチする。立ちあがると、ここでも選択肢その二を取ることにした。

「いまの見た？　まるで崖からカバが落ちるところそっくりだったでしょ？」

そういって、もう一度大げさに、どっすーんと、しりもちをついてみせる。みんながどっと笑った瞬間、わたしのなかで何かがうずいたけれど、みんなが笑っているので、そのまま続ける。だって、笑ってくれているってことは、わたしは人気者ってことだから。それで気がすむ。

何事かと、ジョーンズ先生がようすを見にやってきた。

「やっぱりあなたのチームだったのね」わたしに向かっていう。「アンジェリカ、あなたはとってもおもしろいんだけど、これは真面目な試合なのよ」

「先生、心配しないでください。いまのところ三対ゼロですけど、ここから一気に巻き返しますから」

ジョーンズ先生がヴェリティに目を向けていう。

「このあいだ練習したパスの技術、ちゃんとつかってる？」

「はい、先生」

ヴェリティがうそをいう。まだだれにもパスをしていなかった。

「じゃあ、残り五分。あなたたちのプレーを見せてもらうわ。ボールはだれが持っているの？」

授業の最後の五分間は先生が見ていたので、みんな真面目にプレーをし、ヴェリティも真剣にがんばった。そのヴェリティが奇跡のように出した見事なパスをわたしが受け、ゴールキーパーのサフィラのすきをついて鮮やかにゴールを決めた。

「やったあ！」

飛行機のまねをして、コートのなかを走りまわる。

とうとうスコアは三対二までウィルのチームに迫り、最後の数秒でわたしのヘディングがゴールの左上に美しく決まった。

「おまえさ、学校代表のチームに入れるんじゃね？」

ウィルがいい、ジョーンズ先生が試合終了のホイッスルを吹いた。

ウィルの言葉は先生にもきこえていた。

「たしかにそうよ、アンジェリカ。代表選手権に出てみたらどう？」

一瞬、誇らしさに胸がいっぱいになった。でも……ゾウさんみたいなわたしが、学校代表になることを、だれが望むだろう？　マイクロバスからおりて対戦チームと顔を合わせたとき、相手の顔にせせら笑いが浮かぶのが目に見えるようだった。何しろわたしは、ゴムのきいたゼツケンをつけられない女子なんだから……。

「ぶざまにしりもちをつく、こっけいな選手が必要なら喜んで！」

ジョーンズ先生が首を横にふる。

「アンジェリカ、そういうおふざけがなくなりさえすれば、あなたはすばらしい選手になれるのに」

それだけいうと、先生はみんなに呼びかけた。

「じゃあみんな、着替えて！」

それからまた制服に着替える地獄の時間がはじまったのだけど、今度はちょっと前にほめられたこともあり、妙に自意識過剰になって、ますますはずかしくなる。着替えながら、かっと熱くなる顔を、ずっと廊下のフックに向けていた。ずらりと並んだ大型のスポーツバッグの下に、食べ残しがぷんぷんにおうランチボックスが積み重なっている。

くさい

くさいものはいくらでもある
ヨーグルトのびん　長靴のなか

惣菜屋さんのくんせい豚肉も
牛の細切り肉も　ブタのわき腹肉も
でも何よりくさいのは
ブタのように汗をかいた
ジェリー

7

金曜日に家に帰る道のりはいつでもほっとする。また一週間、だれにも嫌われずに乗り切った！　それだから、体育の着替えで味わった地獄のような苦痛も帳消しになって、とてもいい気分で家に帰れる。週末は大好き。

鼻歌まじりに階段をかけあがっていく。うちの玄関先に立ったとたん、足が凍りついた。コート掛けに男物のジャケットがかかっている。土ぼこりとエンジンオイルの混じった独特のにおい。このにおいをかぐと吐き気がする。オートバイレースのなかでも、とりわけ危険なモトクロスを趣味にしているクリスのジャケットだった。まさか今日は来るとは思っていなかった。昨日の晩、ママをひとりで歩いて帰らせたんだから。それを思ったら、冷たい怒りが全身をかけぬけた。せっかくいい気分だったのに、クリスのせいで台なしだ。

ママの寝室から声がきこえてくる。キスをしているような音も。ききたくなかった。まだドアはあいたままで、コート掛けにはママのハンドバッグがぶらさがっている。

知らないあいだにママのバッグに手を入れて財布を取り出し、十ポンド紙幣をひっぱりだしていた。わたしが一度家に帰ってきたとはわからないようにドアを静かに引いて閉めておく。音を立てないよう、そうっと。

ママのマヌケなボーイフレンドのせいで、一時間、外で時間をつぶさないといけないなら、ミルクシェイクとチョコレートブラウニーぐらい、ごちそうになっていいだろう。

今日あの店にはカイマのお姉さんフリスがいる。うちから歩いて行けるコーヒーショップは二軒あったけど、フリスの働いている店のほうがはやっている。『コーヒー天国』という店名にはまったくセンスが感じられないけれど、大手チェーン店より価格が安いのでいつも混雑していた。それに店主の趣味で赤いレザーとクロムめっきで統一された内装がアメリカの食堂を思わせてかっこいい。おまけに夜になると、窓についた『コーヒー天国』という店名がグリーンに光る。

わたしが入っていくと、フリスがうれしそうに笑った。五つちがいの年をべつにすれば、どこから見てもカイマそっくり。末っ子のフラも合わせて、ほんとうによく似た三姉妹で、まるでクローンのようだった。

「ジェリー！　よく来てくれたわね！　今日はひとり？」

「うん、そうなんだ」

いっしょに来る友だちがいないのかといわれたようで傷ついたけど、こちらも笑顔を返した。

「なんにする？」

フリスがきく。

「超大富豪のショートブレッドがあるの。大富豪のショートブレッドと同じようにバタークッキーのあいだにチョコとキャラメルがはさんであるんだけど、その層が二倍！」

「おいしそう」

思わずくちびるをなめる。

「でも太るし」

「まさかダイエット中なんて、いわないわよね？」

フリスが驚いて目を大きく見ひらく。

「冗談はよして。ジェリーはいまのままでステキよ！」

わたしはアメリカのテレビ番組によく出てくる、うわついた素人女性のまねをする。

「やだ、ハニー。そっちこそ、冗談はやめて。お世辞にもきこえない。見てよ、この身体。毎朝ベッドからごろんと転がって、起き上がるまでに二時間もかかるんだから！」

フリスが声をあげて笑う。

「うまいわねえ、ほんとうに。あの手の番組に出てくる人たち、そのまんま。テレビに出るべきよ」

そういって、特大サイズのショートブレッドをつやつやした白い皿の上にのせた。

「飲み物は？　アイスチョコキャラメルホイップがあるけど」

「アイス……何？」

「任せなさいって」

フリスはまず大きなジョッキにミルクをそそぎ、そこへさまざまな材料を加えていく。

「飲んでみて――もし気に入らなかったら、お金は返すわ。一口飲んだら、もううっとりだから」

ママの十ポンド紙幣で支払いをし、ひとつだけあいていたテーブルにトレーを運んでいく。前の客がつかった空の容器がおきっぱなしだ。どうして片づけていかないのよ？　むっとしつつ、荷物を床に、飲み物と菓子をテーブルにおく。それからあいた皿やカップをトレーにのせて所定の場所へ運んでいく。

もどってくると、男の人がひとり、わたしのテーブルのわきに物欲しそうな顔で立っていた。片手にラテを持ち、もういっぽうの手にギターケースを持っている。うしろのテーブル席にベビーカーがおいてあるので、ギターは見るからにじゃまそうだ。

「すみません」

わたしは男の人にいいながら、身をくねらせて前を通りぬける。

「そこ、わたしのテーブルなんです」

「ああ、残念」

男の人がいう。

「何か急な用事で席をはなれたんだったら、つかわせてもらおうと思ってた」

「すみません」

わたしは腰をおろした。男の人はため息をつき、三百六十度ぐるっと回転して、あいている席がないかさがしている。どこもあいていなかった。

わたしもため息をついた。やっぱり相席を勧めるのがエチケットだ。

「よければ、そちらの椅子に」

気持ちとは裏腹に、ずいぶん愛想のいい口調になった。

「ほんとうにいいの？　迷惑じゃないといいんだけど」

そこで初めて、わたしは相手の姿をきちんと目に入れた。

ひょろりと背が高く、こころもち前かがみになっている。背の高い人によくあるように、まわりがみんな自分より背が低いと気づいて、目立たないようわずかに腰を曲げている感じ。黒い髪は少しだけカールしていて、日に焼けた顔にソバカスが散っている。茶色い瞳がやさしそうで、低音の声が美しい。薄っぺらなシャツと、そで口とすそがすり切れた茶色い革のジャケット。三年生のときに担任だった、コルリー先生と感じが似ている。すごくいい先生だった。

それにこの人はクリスとはちがって、頭の大きさもちょうどよくて、身体とつりあいが取れている。

「大丈夫です」わたしはいった。

「そうか、ありがとう」

そういって、ラテをテーブルにおく。ギターケースを自分の前に立たせてから、椅子に腰をおろす。ギターがまたのあいだからつきだすかっこうになって、わたしはくすっと笑った。

「たしかにおかしいよね。こいつは持ち運びに苦労する。ハーモニカみたいにポケットに入れて持ち歩けない」

「ハーモニカ？」

わたしはきょとんとした。

「ハーモニカ、知らない？」

そういって、あきれたように天井を見上げる。

「最近の学校は、子どもに何を教えているんだい？」

「ナンバーボンズ（両者を足すと、ある数になる数字の組み合わせ）。それに、名詞句の拡張」

今度は相手のほうがきょとんとする番だった。

「なんだそりゃ？」

「ええっと……」

これはやるしかない。背すじをぴんとのばし、こころもち頭を下げ、ちょっと苦しいけれど、テーブルの下でつま先どうしを内側に向ける。レンク先生の声が自然に口から出てきた。

「えー、名詞句の拡張というのは、名詞をふくむフレーズのことをいいます。名詞に形容詞をどんどん追加していくことで、きいている人の興味を増すことができるのです。たとえば、〝少女がテーブルについている〟という文ならば、〝元気のいい陽気な少女が、ぴかぴかの丸いテーブルについている〟というように拡張できる。これにより、文章がよりおもしろくなっていくわけです」

男の人がニヤッと笑う。

「それ、だれのモノマネ？」

「うちの担任のレンク先生」

わたしはモノマネをやめ、肩の力をぬいてふだんの自分にもどった。

「いっつも、こういうしゃべり方をするの」

「でもって、鼻をしょっちゅうすする？」

「そう、いっつも。鼻からぶらさげられるティッシュをつくってあげなきゃいけないって、みんなでいってるの」

おっと、われながらいいアイディア。モノマネのネタに取っておこう。

「学校も変わったな。ぼくが通っていたころとはぜんぜんちがう。むかし以上にたいくつなところになったみたいだ。ハーモニカを教えないんだったら、拡張なんとか、を教えても意味はないと思うけどな」

そういうと、ポケットから小さな長方形のものをひっぱりだした。算数の授業で学んだ言葉をつかうなら、小さな直方体と呼ぶべきだろう。十二の辺と八つの頂角と六つの面がある。一瞬、レンク先生のモノマネで説明をしてあげようかと思ったけど、やめた。知らない人のモノマネをされても迷惑なだけだろう。

男の人は直方体（真面目な話、日常生活でだれがこんな言葉をつかうだろう？）をくちびるに当てて息を吹きこんだ。すると音が出た。小さなトランペットから出るような音。それから、ププププ～と続けて音を鳴らした。

となりのテーブルについている人たちが眉間にしわをよせ、何事かと男の人に顔を向けた。それがなんだかうれしい。だって大人からそういう顔を向けられるのは、ふつうわたしのほうだったから。

「これがハーモニカ」

男の人はいって、よく見えるようにわたしの目の前につきだした。

「小さいだろ。すごく便利なんだ。メロディもコードも鳴らせる。ブルースやカントリーミュージックではおなじみの楽器だよ」

「へえ、なんかかっこいい」

男の人はうれしそうな顔になり、ハーモニカをポケットにしまった。

「ほんとうはすごい楽器なのに、そのよさが理解(りかい)されていない。YouTubeで見てみるといい。サニー・ボーイ・ウィリアムソン。それにスティーヴィー・ワンダー」

「わかった、見てみる」

わたしはいってショートブレッドを一口かじる。

「うわっ、何これ」

死にそうなほどおいしい。

男の人がにっこり笑う。

「うまそうだ」

もうしゃべれない。ショートブレッドをほおばりながらしゃべろうとすると、クッキーの粉がのどにつまる。学校から帰ってくると、たいていお腹(なか)ぺこぺこだったから、「超大富豪(ちょうだいふごう)のショートブレッド」は、あっという間にお皿から消えた。キャラメルホイップシェイクだったたっけ、名前はどうでもいいけど、これもまたおいしい（だから返金はしてもらわない）。それで、クリスが家に来ているとわかったときのいやな気分も消えた。

ベビーカーをおいている、うしろのテーブルの女の人が立ちあがった。ベビーカーを出すのに協力しようと、男の人が椅子を引いてテーブルに身をおしつける。

「ありがとう」

女の人がいう。

「いやんなっちゃうわ——もっと小さくするべきよね。このあいだなんか、ドアにはさまっちゃったの！　母親っていうのは家から一歩も出ないって、そう思われてるみたい！」

わたしの耳がぴんと立つ。特徴のあるしゃべり方で、ひとこと言い終わるたびに口がへの字に曲がる。女の人が店を出てスイングドアが閉まったとたん、わたしの口もへの字に曲がった。

男の人がうしろをふりかえり、あいた席にちらっと目をやる。

「よければ、ぼくはこっちへ移るけど。そのほうがきみもテーブルを広くつかえる」

「いやんなっちゃうわ——もっと小さくするべきよね。いまなんか、人間がはさまっちゃいそうになったんだから！　いっそのことテーブルなんて、なくしてしまえばいいのよ！」

男の人が驚いてまゆをつりあげ、それからうれしそうな顔になった。

「すごいなあ」

つくづく感心したようにいう。

「さっきの女性にそっくりだ。話し方の特徴をじつにうまくとらえてる。きみは耳がいいんだね」

わたしは肩をすくめ、笑顔をつくる。

「モノマネが好きなの。今度学校のタレントショーでやろうと思ってて」

「へえ、じゃあ、きっと優勝だ」

そういうと、あいたテーブルに移動した。スマートフォンを取り出して、何やらスクロールしだし、目をすばやく左右に動かして、何か読んでいる。

わたしは飲み終わったカップのへりを指でぬぐい、窓の外に目を向ける。急いでいる人もいれば、のんびり歩いている人もいた。どこの中学校も終業時間が過ぎているので、ティーンエイジャーがあちこちでたむろしている。大声をあげたり、お互いをつっつきあったり、スマートフォンをチェックしたり。女子はスカートのウエストを折りこんですらりと長い脚を見せ、男子はズボンを腰ばきして下着をチラ見せしている。はやりっておかしなものだ。

だれもが幸せそうに見える。家に帰って恨みがましい詩を書くなんて、絶対にしなさそう。どこにいても、その場になじんでいるんだから、悩む必要なんかない。どうしてわたしひとり、こんなに悩んでいるんだろう。

人間観察

窓辺にすわって、道行く人々を見ている
歓声をあげる人、くすくす笑っている人、にっこり笑顔の人、泣いている子ども
ガラスの向こうの世界にわたしの居場所はなく
両手でティーカップをぎゅっと握りしめている
それでも一歩外へ出れば
あのドアをいったんくぐりぬければ
ムリだと思っていたのに
なんとかその日を切りぬけている
でも、明日はムリかもしれない

「じゃあ、お先に」

その声にはっとして、コーヒーショップのなかに意識がもどる。わたしにハーモニカのこと

を教えてくれた男の人が、ギターを持って、わたしのテーブルの横に立っていた。飲んでいたラテのグラスはからっぽ。ベージュ色のミルクの泡がちっちゃな雲みたいにはりついている。

「あっ！　さようなら」

そういったわたしに相手が笑みを返してくれる。

「その才能はみがき続けるべきだ。それとハーモニカ奏者のことも忘れずに。サニー・ボーイ・ウィリアムソンとスティーヴィー・ワンダー」

「わかった。ありがとう」

男の人はドアに向かって歩いていく。ちょうど店に入ってきた人と器用にすれちがい、ギターをどこにもぶつけないよう気をつかっている。ギターがひけたらいいなあ。これまで楽器を習ったことはない。七歳からクラリネットやバイオリンを習いだした友だちはいるけど、うちにはそんなお金の余裕はなかった。でもこのところママの仕事はうまくいっているようだから、たのめばギターぐらい習わせてくれるかもしれない。

店内にお客さんが続々と入ってくる。わたしのマグカップも皿も、もうからっぽ。仕方ないので、席を立つことにする。

よくまあこんな狭い場所に、わたしの身体が収まったものだ。苦労して外に出て、バッグを手に持ち、トレーを片づけに行く。フリスにあいさつをしていきたかったけれど、忙しそうだ。ちょうど店に入ってきたティーンエイジャーの女子が三種類のスムージーを注文して、それをつくっている。迷ったけれど、さよならはいわずに店を出た。

うちを出てから四十分ほどたっているから、もう帰っても大丈夫だ。舗道にスポーツバッグを引きずりながら、のろのろと歩いていく。布がすり切れるとわかっていながら。

玄関のドアをあけると、同じジャケットがコート掛けにかかっていて、同じにおいがした。まだいる。ちょっと胸がむかついたけど、大きく息を吸ってから、ふだんと変わらない声でなかに呼びかける。

「ただいま!」

8

「お帰りなさい!」

バスルームからママの声が響いた。

「ちょっと待っててね。クリスが来てるの!」

「わかった」

そんなことはとっくに知っている。

リビングルームに入っていき、スポーツバッグをテーブルのそばにドサッと落とす。クリスがひじかけ椅子にだらしなくすわり、リモコンを手にテレビのチャンネルを次々と替えている。

「どう、調子は？」

一瞬顔をあげたものの、それだけいうと、またテレビ画面に目をもどす。

「いいです」

うそをいった。

ママがシャワージェルの香りをさせて入ってきた。血行がよくなって、肌がピンク色になっている。細いストラップのついたキャミソールに、さらさらした布地のスカートを合わせ、足ははだしだ。

「お帰りなさい、ママの美しい娘」

そういって、わたしをぎゅっと抱きしめる。

クリスがばかにするように、鼻をふんといわせる。

「ふたりが親子だとは、よもやだれも思うまい」

テレビ画面を見つめたまま、ぼそりといった。

ママは美しい。だからクリスのいいたいことがわかって、胸が痛んだ。

ママが鈴を転がすような声で笑って、わたしの顔を両手で包む。

「子犬はころころしているものなの」

そうクリスにいいながら、わたしに笑いかけている。

「ティーンになれば、もっと背ものびるんだから。まあ見てなさいって」

わたしはママに笑みを返し、「子犬はころころ」という言葉はきかなかったことにしようと自分にいいきかせる。

と、壁の時計に目をやったママが顔を曇らせた。

「いつもより、帰りが遅いんじゃない？　放課後に何かあったの？」

コーヒーショップに行ったことはいえない。どうしてそんなお金があったのかと、きかれるから。そうなったら、うそをつくか、もっと早く家に帰っていたことを打ち明けないといけなくなる。

「そうなの」

いってから、例によって手のこんだつくり話をする。

「キーガン先生にたのまれて、放課後にカイマといっしょに図書室の本を整理して並べ替えたの。それが思った以上にたくさんあって。しまいに主事のハーディングさんがやってきたの。『おまえたち、こんな時間まで何をやってる？　照明がこわれてるっていうんで、直しにきたんだが』って。それからキーガン先生がやってきて、『ごめんごめん、壁の時計がこわれてて時間がわからなかったの！』といったもんだから、ハーディングさんが、『おや、時計もこわれてたか。なのにだれも知らせにこない。ちゃんといってもらわなくちゃこまるんだ！』っていいだして。それでキーガン先生は青くなっちゃって、『でもそれはわたしのせいじゃないんです』とかなんとか……」

そこでわたしは一息つく。

「それで帰ろうとして門まで行ったんだけど、すでにそっちは鍵がかかっていたから、もう一度もどって事務室を通って帰らなきゃいけなかったの。メールもしないでごめんなさい。でもハウスポイントをもらったよ！」

これは安全なうそ。だってほんとうかどうか、ママには確認しようがないから。

クリスがいかにもたいくつそうに大げさなため息をつき、テレビのボリュームをあげた。

「ハウスポイント！　それなら放課後に残って仕事をしたかいがあったわね」

そういってから、ママは愉快そうにつけくわえる。

「心配しないで、ママもべつのことで忙しかったから」

わたしは何もいわない。

「今夜は中華料理をたのもうかと思って。クリスもいることだし」

「今夜、泊まるの？」

わたしはいって、クリスのいるほうにちらっと目をやった。

ママが気まずい感じで笑い、顔をあさってのほうへ向ける。

「さあ、それはどうかしら。まだそこまで決めてないの。お茶を飲まない？」

わたしはママについてキッチンに行く。

「でもママ、昨日の夜はクリスのこと怒ってたじゃない」

声をひそめていう。

ママはまた鈴を転がすような声で笑う。

「怒ってた、ですって？　そんなことないわよ」

「だって、ひとりで歩いて帰らせたんだよ」

「クリスが帰らせたんじゃないわ」

ママがいって、やかんを火にかける。

「わたしが自分の意志で帰ってきたの。ジェリー、はっきりいってあなたは大げさよ！」

厳しい声。頭から怒られてみじめな気分になり、胃の具合がおかしくなる。よけいなことをいうんじゃなかった。失敗をばんかいしないと。

「ねえ、新しいジョークを考えたの。トン、トン！」

ママはため息をついてから、わたしに調子を合わせる。

「どなたですか？」

「ヤー」

「どちらのヤーさん？」

「きゃあ、あなたに会えるなんてドキドキ！」

ママはちょっと考える。ああ、ガリバー旅行記に出てくるヤフーとかけているのね。そう理解(りかい)してからアハハと笑った。目は笑っていない。

「すごくじょうずよ」

わたしは不安になる。これじゃまだ足りない。

「じゃあ、もうひとつ――トン、トン！」

「ジェリー……」

「ほら、早く答えて」わたしはせっつく。

「どなたですか？」

「ああ……さあ、こんなん……どういえば……」

「自分の名前もいえないんですか？」

「だから、作家のアーサー・コナン・ドイルだといってるじゃないですか。シャーロック・ホームズの生みの親ですよ」

ママがこくりとうなずいた。「それもよくできてる」

「まだあるよ――」

「ジェリー、もういいから。何を注文するか、出前のメニューを見てきたら？」

一時間前に「超(ちょう)億万長者のショートブレッド」を食べたばかりだというのに、すでにお腹(なか)はからっぽだった。注文したものが届(とど)くと、いつも以上にたくさん食べてしまった。

そのあと、ずっと時間がたってから、部屋へ行ってピンクのノートに詩を書いた。

ころころの子犬

ころころの子犬はかわいい
ふわふわで丸々(まるまる)している
ちんちんをして、おねだりをして
地面を転げまわる

太った人間はなまけ者
肥満(ひまん)はよくない
テレビでそういっている
太っているのは悲しむべきことなのだ

だから太ったわたしの身体を見て
子犬みたいなんていわないで

だって子犬はかわいいけれど
わたしはそうじゃないから

　朝、玄関のドアが閉まる大きな音で目が覚めた。ママの泣き声がする。横になったまま天井をにらんでいると、胃のなかに残っている昨日の晩ご飯が重たく感じられた。起きあがって、ママの部屋へ行く。

　ママはベッドのへりに寝間着のまま腰かけていた。顔を両手でおおって肩をふるわせている。となりに腰をおろして、ママの腰に腕をまわす。ママは大きく鼻をすすり、顔をふこうとティッシュに手をのばした。

「ああジェリー、ごめんなさい。起こしちゃった？」

「ううん」

　うそをついた。

「どうしたの？」

「それが……」

　ひくひくと呼吸して、カーペットを見つめている。

「ママは捨てられた。それだけのこと」

そういって肩をすくめてみせる。

「うすうす予想はしていたの。もうおまえはおもしろくないっていわれてたから。メッセージを大量に送りつけたのもよくなかった。オレはしばられるのはいやなんだっていわれた」

「しばられる？」

「わたしがあの人に縄をかけて、結婚に持ちこもうとしているってそう思ってたみたい」

そこでまた目に涙が盛りあがってくる。

「だめなのよね、わたしって。子どものときからそう。何をやってもうまくいかない。そろそろ自分のそういうところ、わかってもいいはずなんだけど」

そこでちょっとくちびるをかむ。

「またふたりきりの生活に逆もどりよ」

「わたしはそれでいいけど。二っていうのは完璧な数なんだから」

ママがわたしの頭のてっぺんにキスをする。

「シャワーを浴びてくるわね」

わたしはもうしばらくママのベッドにすわっている。かわいそうなママ。つらそうにしているママは見たくない。それでも、クリスはもう二度とうちに来ないと思うと、ほっとする。いやなやつ。ママに対してぜんぜんやさしくない。ママとつき合いたい男なんていくらでもいるはずだった。やさしくて、母親としても立派だし、とにかくすごい美人。ママが笑うと――本気で、心の底から笑うと——目から幸せがあふれだして、瞳がきらきら輝く。それを見ると、わたしは心がぬくもって、いい気分になる。

美しくなるには、マスカラやハイヒールやスキニージーンズが必要だって、ママはそういうかもしれない。美しくなるための商品を仕事であつかっているんだから、たぶんママのいうことは正しいのだろう。

でもわたしにいわせれば、笑顔のなかできらきら輝く瞳にこそ、美しさは宿っている。

9

日曜日の午後を、サンヴィとわたしはカイマの部屋で過ごしている。カイマはおとなりと壁を一枚共有する二戸建住宅に暮らしていて、寝室が四つあるうえに、一階にはキッチンとダイニングがつながった大きなスペースとリビングルームがある。フリス、カイマ、フラの三姉妹がそれぞれ自分の部屋を持っているんだから、わたしにすれば、巨大な家としかいいようがない。フラはかわいいけれど、いつでもカイマのすることをやりたがるのがこまったところ。自分よりふたつ年下の妹につきまとわれるのを、カイマはものすごくいやがっている。今日は「フラは立ち入り禁止」とカラーペンで書いたポスターをつくっていて、それを部屋の外にはる気でいる。

　家にひとりでいるママのことを思うと、ちょっと胸が痛んだ。

「今日はたまっている仕事を片づけなきゃいけないの」と、ママはそういっていた。

　昨日は丸一日つかって、山ほどのメッセージを送っていた。クリスあてじゃないわよといっていたけど、実際どうだか。ママの言葉がほんとうであるのを祈るばかりだ。そのうえ昨日は一時間半も、仕事でつきあいがあるキャスと電話をしていた。電話を切ったあと、緑茶を三杯も飲んだところを見ると、キャスと話していて気分が晴れたかどうかは怪しい。

「去年みたいに、笑えるキャラでコントをやるのは？　新しいコントの台本をつくって」

　カイマの提案に、わたしははっとして現実にもどった。カイマとサンヴィはKファクターで何をしようか考えている。

「ジェリーがいないんじゃ、ムリよ」とサンヴィ。「それに、校長先生にはよく思われなかったし」

　去年は三人でカツラをかぶり、おばあさんのかっこうをしてステージに立った。お店に買い物に行ったのに、店員さんとまったく話がかみあわないようすを演じて笑いを取った。

　老人とはこういうものだと勝手に決めつけ、高齢者をばかにしているといって、校長先生には不評だった。ところがそこでカイマが、うちのひいおばあちゃんは、まったくこのとおりなんですといったものだから、先生は負けを認めざるを得なかった。そのひいおばあちゃんが実際に客席にいて、身をゆらして大笑いしていたとなれば、なおさらだ。

それに、校長先生の娘で、「特別ゲスト」として招かれていたジュリーは、わたしたちの演技には「とてつもない才能があふれているのを感じるし、間の取り方も絶妙だ」とほめてくれた。

「歌はどう？」わたしは提案した。

サンヴィがくちびるをかんだ。

「どうかな。わたしは歌に関しては緊張しまくりだから」

「すっごくいい声をしてるじゃない」わたしはいった。「歌で勝負をするべきだよ。カイマが一番を歌って、サンヴィが二番を歌う。ふたりでハモってもいいし」

サンヴィがはにかんだ顔でわたしを見る。

「いい声って、ホントに？」

「ほんとうだって」わたしはいった。「去年のクリスマスに、賛美歌をソロで歌ったでしょ？あれにはもうびっくり」

「だけど、歌う前に吐いちゃったの。なんだか恐ろしくなって」

「それでもちゃんと歌った。だから今度もできるって」

「じゃあ、衣装も自分たちでつくろう。これ見てよ」

カイマがいって、重たげな雑誌をわきから投げてきた。落ちたときにドサッと音がするほど分厚い雑誌だった。

「ヴォグエ？」

タイトルの読み方が難しい。

「ヴォーグ」とカイマ。「〝流行〟って意味。フリスはもういらないんだって。それで同じような雑誌を山ほどもらった。こういうのをしょっちゅう買ってるんだ」

サンヴィとわたしはページをぱらぱらめくる。おかしな服を着た女性の写真がいっぱい載っている。なかには、ありえないかっこうをしている人もいた。

「全身スケスケの服なんて、だれが着たいと思う？」

わたしは驚いて声をはりあげた。

「世界中に見せてまわってどうするの？　……はずかしい部分を」

サンヴィがくすくす笑う。

「ショッピングモールに着ていったら、どうなるかしら」

それ以外はつまらない服ばかり。グレーのジャンパーは、もっさりしていてだらしない。ブラックのレギンスはどこの洋服屋さんに行っても売っているようなもの。でも値段がばか高い……。

「二百五十九ポンド!?」

あきれてしまった。

「レギンスひとつがこの値段？」

「デザイナーズブランドだからじゃないの？」とカイマ。

「プライマーク（格安衣料のチェーン店）なら五ポンドで買える！」わたしはいった。

サンヴィはさらにページをめくっていく。

「インド系の女性はあんまりいない」

「黒人もあんまりいない」とカイマ。

「太った人もいない」とわたし。「肥満体はゼロ。これも、これも、これも、みんな細い人ばっかり」

ページをめくりながら、自分の四角くてずんぐりした指が目に入る。こういう服は……わたし向けじゃない。この世にはわたしに合うものは何もない。ファッションなんて、やせている人たちのもの。それか、お金をたくさん持っている人。

でもわたしは、たとえ二百五十九ポンドを持っていても、一本のレギンスなんかにはつかわない。結局あんなの、タイツといっしょ。二百五十九ポンドあったら、旅行に行ける。乗馬のレッスンだって受けられる。チョコレートバーなら一年分買える。ページを飾るやせたモデルは、きっとチョコレートバーなんか絶対食べないだろう。そんなのもったいない。人生の大きな喜びのひとつを逃している。

「まだまだあるよ」

カイマがいって、分厚い雑誌の山をこちらへすべらせる。

「こんなにあってどうするんだか」

「焼いちゃえば」

わたしはいった。

「コラージュがつくれるわ」とサンヴィ。「うん、それがいい」

わたしは雑誌の山をくずした。ドサドサと音を立ててカーペットの上になだれ落ちる。

「何、これ？」

雑誌のあいだに、薄い冊子がはさまっていた。

『あなたの身体とその変化』というタイトルがついている。女の子が両手を腰にあてがって自信たっぷりに立っている漫画の絵が表紙になっていた。

カイマが床をはってこちらへやってきた。本を見るなりクスクスと笑いだす。

「やだそれ！　知ってる！　フリスの本棚においてあって、ときどき盗み見してたんだ。はずかしいことがいっぱい書いてある！」

「はずかしいこと？」

わたしは興味をひかれ、適当なページをひらいてみた。何かの図が載っている。湖のようなものに向かって、左右から川が二本流れこんでいて、湖の下のほうには海へ通じているような口があいている。その下に――〈女性の生殖器の仕組み〉と書いてある。

「なんなの、これ？」

「思い出した」とサンヴィ。「前の学期に教わった」

「うそでしょ……」

いいながら、わたしは図をまじまじと見る。

「あっ……そうか！　思い出した。ジョーンズ先生が赤ちゃんについてのビデオを見せてくれて、みんながふざけてばかりいるんで、怒られたんだった」

カイマが笑った。

「あれ、超はずかしかった。それにほら……ビデオのなかに何度も出てきた言葉」

サンヴィの顔が真っ赤になっていく。

「あれはよくないわ」気取っていう。「だって、プライベートなことでしょ。授業でああいうことをやるのはおかしい」

「その本、こっちへよこして」とカイマ。「ジェリーに挑戦」

挑戦されれば、いやだといえない。とりわけ親友にいわれたのなら。

「どんな挑戦？」

おそるおそるきいてみる。

カイマが本をぱらぱらめくってから、あるページをひらいて、わたしに返す。

「この文章を、ドキュメンタリー番組『自然の神秘』のナレーション風に——アッテンベリーの声で読んでみて」

「アッテンベリーじゃなくて、アッテンボローでしょ」

わたしが正す。ページに目を落とすと、「生理」というタイトルが書いてあった。

「やだ、カイマ、これはだめ！」

「受けて立て！」

わたしはゴホンとせきばらいをし、動物学者デヴィッド・アッテンボローの声をつくる。

「月に一度、子宮の内膜は受精卵を迎える準備として厚くなる。もし受精卵が着床しなかった場合には、内膜ははがれて膣までおりていき、血液として排泄される。これを生理と呼ぶ」

カイマが笑いすぎて、涙をこぼしている。

「ちゃんといった……膣っていった」

サンヴィがはずかしそうに身をくねらせる。

「やめて、お願いだから、もうやめて」

「こういうことは、知っておかなくちゃいけないの」

わたしはサンヴィをちゃかす。

「そうそう、でもこの家にいたら、いやでも知ることになる」

カイマがいって、涙をぬぐい、少し落ち着く。

「フリスがなると、すぐわかるんだ。怒りっぽくて意地悪になるから。それにトイレにはビニールパッケージに入ったナプキンがいっぱいおいてあるし、一度なんかトイレにつまっちゃって……ウゲッ！」

「わたしは、そんなの来てほしくないわ」

サンヴィが青ざめた顔でいう。

「生理なんて。なんか気持ち悪い」

「まだまだ先の話でしょ」とカイマ。

「いやなら、そのもとを全部取っちゃえばいい」とわたし。

「だけど、そうしたら赤ちゃんは生まれないよ」カイマがいう。

「わたしは赤ちゃん欲しいな。大人になったら」サンヴィがいった。

「欲しくない」

わたしはきっぱりいった。

サンヴィがびっくりした顔をする。

「え、ほんとうに?」

「いらない」

「そんなの悲しい」とサンヴィ。

「そんなことない」

わたしはいいかえす。

「赤ちゃんがいらなければ、生理なんて来なくてすむ」

「できたよ」

カイマが口をはさみ、鮮(あざ)やかな色の太いペンで「フラは立ち入り禁止(きんし)」と書いたポスターをわたしたちにかかげてみせる。

「あとはドアにはるだけ」

そういうと立ちあがって、ドアをあけた。

そのとたん、フラが室内に飛びこんできた。

「何やってるの？」

そしてみんなに何かいわれるまえに、「あたし、何もきいてないから」という。

「きいてたでしょ！」

カイマが怒鳴(どな)る。それから階下に向かって大声でさけんだ。

「ママ！　またフラがドアの前で、盗(ぬす)みぎきしてた！」

階下からは何も返答がない。

「あたし、きいてないもん」

フラがいいはる。それからくすくす笑う。

「みんな、赤ちゃんを産むの？」

「ママ！」

カイマがもっと大きな声を出してさけぶ。

「フラがあたしたちのじゃまをする！」

「妹も仲間に入れてあげなさい！」

階下から怒鳴(どな)り声が返ってきた。カイマの顔が怒(いか)りでどす黒くなる。

フラが姉に向かってニヤッと笑う。

「ほら、入れてくれないとママに怒(おこ)られるよ」

「うるさい！」

するとフラがカーペットの上にひざをついた。

「お願い」

そういって、目をまんまるにして大きく見ひらき、拝(おが)むように片手(かたて)をあげた。

フラはお父さんの車に乗っているとき、自動車事故(じこ)に遭(あ)って、片腕(かたうで)の半分を失っている。大型トラックが車につっこんできて、運転をしていたお父さんは亡(な)くなった。そのときフラはベビーシートにすわっていたので命は助かったものの、腕(うで)をつぶされ、ひじから切断(せつだん)しないといけなかった。でも腕(うで)の半分を失ったからといって、フラはやっぱり人の迷惑(めいわく)になることをやめない。カイマのママはどうしてもフラの味方についてしまうようだった。

「あんたは、だめ」

カイマはフラを外へおしだし、フラの顔の前でドアをぴしゃりと閉めた。

ドアの向こう側でフラの泣き声があがり、それに続いて階段をのぼってくる足音が響いた。

まもなくカイマのママが怒鳴った。

「カイマ、いますぐおりてらっしゃい。あなたにひとこといわないといけないわ」

カイマが大きくため息をついた。

「まただよ」

ドアをひっぱってあけると、わたしたちをふりかえる。

「今度はほかの家にしよう」

10

「なんだって、そんな大金をレギンスにつぎこむんだろう？」

それから数日して、またわたしは考えていた。ママは大きな段ボール箱のてっぺんにカッターで切れ目を入れてあけている。注文した化粧品が届いたところだった。

「いまだによくわからない。たかがレギンスだよ？」

「デザイナーズブランドのレギンスだからでしょ。デザイナーの名前と、センスのよさにお金をはらうのよ。ワンピースのラインや、パンツのカッティングなんかが微妙にちがうの……着心地がいいのとはまたべつで、ステキなのよ」

ママはそういって、段ボール箱のなかからひとつひとつ商品を取り上げていく。アイシャドー、コンパクトパウダー、アイペンシル。どれもスリムできらきらしている。ママのスリムな指が、スリムな商品を慎重に並べて、いくつもの山をつくっていく。

「わたしは、ステキな人にはなれない」

ぼそっといった。

商品整理に気を取られながらママがいう。

「もちろんなれるわよ。わたしが力を貸してあげる。きっと道行く人がふりかえるから」

いまだってふりかえる。でも理由は、ステキだからじゃない。

ママが眉間に軽くしわをよせて、わたしに顔を近づけた。

「鼻に何かできてるんじゃない？」

わたしは無意識のうちに鼻を指でさわる。

「やだ、もう」

思わずうなった。

「先週はあごにできていたわよね？　かわいそうに。成長期だからしょうがないのよ」

そういってママが段ボール箱のなかを手でさぐる。

「いいのがあるの。待っててね……」

それから小さなチューブを取り出した。

「ニキビの特効薬。魔法の薬よ」

「ありがとう」

なんだか胃が重たく感じられる。

「大人になんかなりたくないな。ぜんぜん楽しくなさそう」

ママがちょっとおどけた顔をする。

「あら、そんなことないわ。悪いことばかりじゃないのよ。大人になれば、解放されるものもあるわけだし」

「おじいちゃん」

わたしは意味ありげにいってみる。

「そんなに悪い人じゃないのよ。ただ……要求が高すぎるのね」

「おばあちゃんが、ひとこといってやればいいのに」

ママが悲しそうに笑った。

「おばあちゃんはなんでも事を荒だてるのがいやなの。物事に立ち向かっていくタイプじゃないから」

「マギーおばさんはそうだよね」

マギーおばさんはママのお姉さんだ。

「ああ、そうね。マギーはいつだって、おじいちゃんに立ち向かっていった」

声の調子からすると、ママはそれをよく思っていないようだ。

「ふたりとも、何事も、あとには引けない。マギーとおじいちゃんが口を利かなくなったのも、ムリはないわね」

そういって段ボール箱のなかに目を落とす。

「グリーミング・グロウの数がまた足りない……」

「ねえ、近々マギーおばさんの家に行く予定はない？」

期待をこめてきいた。おばさんがどんな仕事をしているのか、正確なところは知らない。わたしにわかっているのは、何か宣伝に関係する仕事で、人のためになるアイディアを売ってお金をもらっているということ。

「いまね、ちょっとしたキャンペーンに携わっているのよ」と、そんなことをいっていたときもある。「心もようは万華鏡」とか、「内面の美をひきだす」とか、そういったフレーズをあれこれ口にしていた。なんとなくおしゃれな感じがして耳ざわりはいいんだけど、実際何をいっているのか、よくわからない。たしか、香水を宣伝する文句だったと思う。

宣伝の仕事をしているので、マギーおばさんは行く先々のイベントで、いろんな試供品が入った袋を山のようにもらう。

「文字通り、試供品の山におしつぶされそうな状況よ」とおばさんはよくいっていて、もらってもいい迷惑だと思っているようだった。それでわたしが全部もらう。だから、おばさんの家に行くのはいつも楽しみだった。

「うーん。ちょっとわからない。マギーはいま、よくないところにいるから」

「よくないって、おばさんの住んでるブライトンのこと？」

ママが一瞬笑った。

「そうじゃないの。頭のなかの話。ちょっと鬱状態に入ってるの」

電話が鳴り、ママが立ちあがった。

「あら、うわさをすればなんとやら！」

モニターに表示される発信者名を見てママがいう。

「ハイ、マギー」受話器を取っていう。「調子はどう？」

ママは歩きながら電話で話すのが好きだった。マギーおばさんと話しながら、居間の奥まで歩いていって、またもどってくる。

今日のママはピーチブラウン系のアイシャドーをまぶたにぬっていた。少なくとも三種類の色味をつかってグラデーションにして、まつげの際はダークブラウンのアイペンシルでふちどっている。そんな華やかな顔を見れば、まだ悲しんでいるとはとても思えないけれど、ごく近くで見れば、アイペンシルで引いたラインの下がうっすらピンク色になっていて、まだしょっちゅう泣いているのだとわかる。

身体にぴたりとはりつくTシャツには、自分で立ちあげた化粧品会社の名前が金色のおしゃれな文字で書かれていて、タイトなジーンズから出ている素足の指にはピンクのペディキュアがつやつや光っている。全身どこを見ても、脂肪はまったくついていない。

自分のお腹に目を落とすと、スカートのウエストから肉がはみ出していた。背すじをぴんとのばしてみても、はみ出た肉はひっこまない。胃が重苦しい感じも消えない。

ママが受話器を手でふさいで、わたしにそっとささやく。

「長くなりそう。お茶を一杯いれてもらえる？」

「うん、わかった」

わたしは立ちあがり、化粧品の山のあいだをすりぬけてキッチンへ向かう。やかんを火にかけてから、食器棚をあけた。チョコレートビスケットが封を切らないままおいてある。ママ用に緑茶を、自分用に紅茶をいれてから、ママのカップを居間に運んでいく。

「ありがとう」

ママが口の動きだけでわたしに伝えてから、電話にもどった。

「でも、薬を飲んでいるときは、お酒はやめなさいって、お医者さんにいわれてるでしょ？」

わたしはお茶とビスケットを自分の部屋へ運んでいく。

もちろん一袋全部食べるつもりはない。いくらなんでも、それはまずい。

おしゃれ

リップスティックをひとぬり
チークをひとはけ
美しい模様を織りだしたカーテンの
つやめくシルクの風合い

アルファベットだって、おしゃれにできる
だけど飾りをつけられるのも、
まず正しい書体があってのこと

はだかの王さまも
正しい体をしていたから
豪華な服を楽しめた

身体が正しくなければ
おしゃれはできない

それから数日たったある晩、ママは同じ仕事をしている友人たちに連れ出された。ママを元気づけるための飲み会だ。帰ってきたとき、わたしはもう寝ていて、ドアのあく音で目が覚めた。ママがロージーにお礼をいって、ベビーシッター代をわたし、それからドアが閉まった。

わたしはテディベアのぬいぐるみを抱いて目をこすりこすり居間へ入っていった。

「あら、ごめんなさい」

ママがハイヒールを脱ぎながらいう。

「起こしちゃった？」

わたしは首を横にふった。

「べつにいいの」

「ビスケット食べる？　夕ご飯を食べてからずいぶん時間がたってるから」

そういってチョコレートビスケットの袋を食器棚から取り出して、こちらによこす。わたしが食べてしまったので、袋のなかには三つしか入っていない。

「あれっ、もっと入ってたはずなのに？」とママ。

わたしはテーブルについて、袋からビスケットを皿に移した。

「楽しかったの？」

一瞬の間をおいてから、ママは満面の笑みになった。

「やっぱりわかる？　ステキな夜だったわ」

わたしは驚いた。ここ数日ママのこういう笑顔は見たことがなかった。クリスと別れてから、まともに笑ったことがなく、窓の外をただぼうっとながめているのを何度か見た。けれども今夜はちがう。角が取れて丸くなった感じ。

「みんなでキングズアームのパブにいったの。ちょっと心配だったんだけど……だってほら。クリスに出くわすかもしれないから。でも彼はいなかった――それで、またあのバンドが演奏したの」

「犬をテーマにした歌を歌った？」

ママがにっこり笑う。

「そう！　それでね、そのバンドのシンガーに……。デートに誘われた」

きいたとたん、気がめいってきた。

「なるほど」

「わかってるわ、ジェリーが何をいいたいか」

ママがそっという。

「そして、あなたのいうことはたぶん正しい。でも……なぜだかわからないけど……あの人の誘いは断れなかった」

わたしはくちびるをかんだ。

「判断するのは、あの人の歌をきいてからにして。すごい才能の持ち主なの」

「へえ、そうなんだ」

ぐるぐる　ぐるぐる

ぐるぐる　ぐるぐる
輪っかのなかを走っているみたい
一生懸命前に進んでいるのに
たどりつくのはいつだって
同じ場所

11

「今日は詩をいくつか読んで、実際にきみたちにも書いてもらおうと思う」

レンク先生がいったとたん、教室内にブーイングの嵐が起きた。

「これまで家族やコミュニケーションについて考えてきた。そのことも思い出して、さらに学習を発展させていきたい」

いいながら先生は電子黒板に、ある詩を映し出す。

「これから読む詩をききながら、詩人が何をいっているのか、言葉にしていない感情もふくめて考えてほしい」

そんなに長い詩ではなかった。タイトルは『わたしの仮面』で、詩人はおおぜいの友だちに囲まれ、豪華な屋敷に住み、立派な仕事についている。すばらしい暮らしぶりだが、詩全体からかもしだされるイメージはじつに暗い。ある一行は、「美しい黒のカーテンが、豪華な窓をずっしりおおって光を遮断している」と書かれている。

この詩がいいたいことは明らかだ——たとえ山ほどの豪華なものに囲まれていても、みじめな人生があるということ。クラスのみんなはたいていそのことに気がついた。

ただしハリーだけは例外。自分は大きくなったらサッカー選手になってプレミアリーグに入り、豪華な家に住むんだという。窓という窓に黒いカーテンをかけて、地下を映画館のようにして、屋上にはスイミングプールをつくるらしい。

「悲しい詩だと思います」

ヴェリティはそういった。

「だって、これを書いた人は、にせの自分を演じているから。自分のほんとうの気持ちをだれにもいえない。だから『わたしの仮面』というタイトルがついているんだと思います。仮面をかぶってほんとうの自分を隠している」

レンク先生がうなずいた。

「ヴェリティ、まさにそのとおり。これからみんなに書いてもらう詩のテーマもそれだ。ときに人間は『仮面』をつける。ほんとうの感情を知られるのが恐くて、大丈夫だというふりをしたり、幸せそうに見せたりする」

胸にぐさりときた。身体が凍りついたように固まった。これはわたし――この詩人はわたしと同じ。レンク先生がいっているのは、わたしのしていることだ。「ときに」どころか、しょっちゅうそうしている。仮面をかぶって、いやなことを笑いに流す。

こんな授業はいやだ。書いた詩はみんなに知られる。読まれてしまう。たぶん壁にも掲示されるだろう。自分の胸のなかに閉じこめた思いはだれにも知られたくない。

はっと気がつけば、みんなはもう紙とペンに手をのばしていた。

「いったい何を書けばいいのよ。あたしは仮面なんかかぶらないもん」

カイマがいう。

サンヴィは真剣に考える顔でいう。

「わたしはね、ふたりそろって応募したコンテストで弟が優勝したときのことを書こうと思う。ポスターを描いて、わたしのほうがずっとうまかったのに、勝ったのは弟のほう。わたしは入賞もしなかった。よかったねって、心から喜んでいるふりをしたけど、それはそうするように両親にいわれたから。ほんとうは悔しくて悲しかった」

「頭にくるよね」とカイマ。「それを詩に書けばいいんだよ。けどあたしの場合、頭にきたり、悲しかったりすると、はっきりいっちゃうからね。隠し事ができない」

それからカイマはわたしに顔を向ける。

「ジェリーは何について書くの？」

わたしはまだ、ショックに心がまひしていた。どうすればいいんだろう。

と、そこで頭にスイッチが入った。息を深く吸ってから、ニヤッと不敵に笑い、いつものように選択肢その二を取ることにする。

レンク先生にちらっと目をやって、こっちを見ていないことを確認してから、声をひそめて話す。

「ある子どもが女王さまに会うことになったんだけど、その子はそのとき、トイレに行きたくてしょうがなかった。女王陛下に向かって取り澄ました顔で話をしながら、心のなかでは、いまにもおしっこをもらすんじゃないかとあせっている」

カイマがくすくす笑ったけれど、サンヴィは賛成しかねるという顔をした。

「自分のことを書くんじゃなかった？　実体験をもとにしなきゃだめでしょ」

「わたしが女王さまに会ったことがないなんて、どうしてわかる？」

そういって片目をつぶってみせる。

「さてと、そろそろ書くべき内容も決まったことだろう――」

先生がいう。

「はい、バッチリ」

わたしがつぶやくと、カイマがまたくすくす笑った。

「――それじゃあみんな、書いてごらん」

そういってから、レンク先生がつけたす。

「詩のなかには、じょうずなたとえを入れてほしい。それを通じて、書いた人間の真の感情に触れられるような」

五分ほどで書き上がった。「ぽたぽたたれる蛇口」とか、「滝」といった言葉をたとえにしていっぱい入れた。自分でもよくできたと思い、満足してペンをおく。

「アンジェリカ、もう書き終えたのか？」

先生が驚く。

「はい。きっと気に入ってもらえると思います」

「そうか。じゃあ、みんなが終わるまで、じっと待っていなさい。あとで発表してもらう」

それから十分間、小さな輪ゴムをはじき飛ばして、カイマを笑わせた。そんなわたしに、サンヴィがまゆをひそめる。サンヴィは詩を書くことを、ひどく真面目に考えているようだ。

たいくつがまんできなくなってきたころ、ようやく先生が、ペンをおくようみんなにいった。いよいよ発表の時間。もちろん真っ先に手をあげる。書いた詩を読んでみるよう、レンク先生にいわれた。

立ちあがり、まず偉そうにゴホンとひとつせきばらいをする。

「タイトルは、『だれにもいえない、わたしの苦しみ』」

真面目くさった声でいった。

「おっと」

そこでレンク先生がいう。

「ひとついっておきたいことがある。われわれはつねに〝敬意〟を忘れてはならない。この教室で、個人に関するどのような事情が明らかになっても、敬意を持って受け止めてほしい。人が書いた詩を笑うことは許されない」

「そのとおりです」

わたしはいって、真面目くさった顔でみんなの顔を見渡す。もう一度せきばらいをしてからはじめた。

最初のうちは、みんなよくわからず、数人がニヤニヤした笑いを浮かべるだけだった。けれど、詩の主人公がかかえている〝苦しみ〟がなんなのか、それがわかってくるにつれて、みんながニヤニヤしだした。やがて声に出してくすくす笑いだす子が出てきて、最後の一行「滝が流れる」では、全員が笑いくずれた。

レンク先生だけが笑わず、あきらめたようなため息をついた。

「アンジェリカ、非常にうまくできている。しかし先生は、そういうものを書いてほしかったわけじゃない」

ほかのみんなが立って詩を読むあいだ、わたしは椅子の上でずっともじもじしていた。なかには、あんまりうまくないと思う詩もあったけれど、みんな真面目に書こうとしたのがわかる。ウケをねらうのではなく、自分の心のうちを表現している。

ヴェリティ・ヒューズは両親の離婚をテーマにしていた。お母さんがひどく怒って、二度とパパの話はしないでちょうだいとヴェリティにいったそうだ。それでヴェリティは、お母さんと話をするときはお父さんのことを口にしないようずっと気をつけてきて、それがじつはとてもつらいらしい。そういう気持ちを、「鍵のかかった箱」とか、「閉ざされた扉」というじょうずなたとえをたくさんつかって詩に仕立てている。これはうまい。母親に気をつかって自分の心に鍵をかけ、いいたいことをいわずにいるというのがよくわかる。

ヴェリティが詩を読み終えると、しばらく教室内がしんと静まった。泣き虫のアヴァロンは目にたまった涙を指でぬぐっている。

「すばらしい、じつにすばらしかったぞ、ヴェリティ」

先生がいう。

わたしはくちびるをぎゅっとかんで、机をにらんでいる。わたしも真面目に書くべきだった。家ではちゃんとした詩を書いている。トイレをがまんしている子どものばかげた詩なんかより、ずっとじょうずなものが書けることをレンク先生にわかってほしかった。でももう遅い。

それにしても……みんなはヴェリティの秘密を知ってしまった。ヴェリティは、いやじゃないの？

ランチルームに向かいながら、めずらしくわたしは静かだった。廊下の前のほうをヴェリティが歩いている。クラスメート数人が話しかけて、ヴェリティをぎゅっと抱きしめた。ほんとうにすばらしい詩だったし、自分の秘密を打ち明けたのも勇敢だといって。

そこでわたしは思った。自分の感じている恐怖や怒り……そういったものを、もしみんなに打ち明けたら、わたしも勇敢だといわれるのだろうか？

いや、そんなことはない。だって両親の離婚と、自分が太っていることとは、まったくべつの問題なのだから。

これはわたし？
これはあなた？
これがわたしたちにできる最善のこと？
うそをクモの巣のようにはりめぐらし
本心かくして、めくらまし

わたしの秘密はずっと隠しておく
笑われて傷ついているなんて知られたくない
自分を道化師に仕立てていっしょに笑えば
わたしが傷ついていることはわからない

12

ママはレノンとデートに出かけた。パブで歌うシンガーだ。ママが出かけているあいだ、わたしはつつ形のパッケージに入ったスナックを半分あけてしまった。落ち着かないままに不安ばかりが募っていくなか、ちょうど食器棚におかしがあったから。

はずかしいけど、じつはママを行かせないようにしようとも考えた。

「いっしょにうちにいようよ！」といって、その場でダンスをしてみせた。「わたしといるほうがずっと楽しいって！」

ママはおもしろがって笑ったけれど、やっぱり出かけてしまった。

「きっと今度こそ運命の人に出会ったと、そう思ってるのよ」

ロージーがスマートフォンから目を離さずにいう。

「でもね、そんな人はいないの。運命の男性だと思って結婚してみたら、ほら、このとおりって、ママがよくいってる」

ロージーのママとパパは離婚して、ママにはいま女性の恋人がいるらしい。いっしょに走ったり、毎年マラソンに出たりして、とってもクールだとロージーはいう。
「運命の男性が、不運をもたらすんだとしたら、運命の女性を見つけたほうがいいんじゃない？」とロージー。

ベッドに横になったけど眠れない。カイマやサンヴィにはいいたくないけど、じつはまだあの授業で書いた詩のことが気になっていた。あれから一週間もたっているというのに。ふざけた詩を書いたわたしはばかだった。ヴェリティの書いたような詩を書けばよかった。書けたはずなのに、どうして書かなかったの？

どうしてママはまだ帰ってこない？

ようやく帰ってきたときには、丸一日が経過していたような気がしたけれど、玄関のドアがカチッとあく音がして時計を見たら、十時五十七分。帰ってきたママはハミングをしている。いますぐ起きて、「どうだった？」ときいてみたくてうずうずしたけど、なぜかそれはできなかった。ママのハミングにじっと耳をかたむけながら、こんなふうに機嫌よくしているのはいつぶりだろうと思う。きっとデートがうまくいったにちがいない。でも、どうせ長続きはしないで、いずれだめになるのはわかっていた。

まくらの両はしを手で持ち上げて耳をおおって音をしめだし、目をぎゅっとつぶる。しばらく胸の奥で黒い雲がうず巻いていたけれど、そのうち眠ってしまった。

翌朝目覚めたときにはぐったりしていた。いやな夢に何度もうなされた。ぶきみな顔がゲラゲラ笑うなか、わたしは穴に落ちて出られなくなる。いつまでも起きないでいると、しまいにママにふとんをはがされた。

「急がないと学校に遅れるわよ」

「どうでもいい」

「あら、ジェリー」

ママが作戦を変えたらしく、こちらの機嫌を取る声になる。

「今朝は、パンケーキを焼こうと思ってるのよね。チョコレートスプレッドを、たっぷりかけて……」

うわあ。ベッドから転げ落ちた。

うちのママは最高においしいパンケーキをつくる。あらかじめ材料がミックスされたインスタントの粉はつかわず、卵と小麦粉とミルクと砂糖をつかって一からつくるのだ。

ラジオの音楽に合わせて歌いながら、ママはフライパンに流し入れた練り粉を焼く。どうも、ようすがおかしい。

「なんかあった？」

わたしがいうと、ママは花が咲くように笑った。

「べつに。レノンと過ごした晩が、とてもすばらしかっただけ」

「ふーん、それは……よかった」

ママのスマートフォンがチンと鳴る。メッセージを読んだママのまなざしがやわらかくなる。

「ありがとう」と、口に出してメッセージに返事までしている。

「彼から？」

いいながら、焼きたてのパンケーキにチョコレートスプレッドをザブザブかける。

「そう」

ママがいってため息をつく。

「ステキな人よ。おもしろくて、やさしくて、才能にあふれていて。昨日の夜は、自分がばかみたいに思えたの。彼には豊かな人生経験がいっぱいあって、世界中を旅してまわった。グレートバリアリーフにも行ったんですって！　なのにわたしときたら、フランスより先に行ったことがない。しかもフランスに行ったのは一度だけ、旅行のあいだじゅう雨降りだった」

「ママにはママの人生経験があるじゃない」

ママに劣等感を抱かせるレノンという男が憎らしかった。

「その人とはまたちがう経験をしてきたってだけで、どんな経験だって大事だと思う」

「彼もそういってたの」

ママのまなざしがまたやわらかくなる。

「世界中どこへ行っても、人間はみな同じなんだって。都会の団地に住んでいようと、ジャングルの奥地に住んでいようと、みんな同じ心配をかかえている——食べ物が十分にあって温かくしていられるか、どうやって友だちをつくるか、どうすれば安全でいられるか、自分がいま持っているものだけで満足するにはどうしたらいいか。

世界でいちばん幸せな人は、物を多く持たず、愛と友情と音楽を持っている人だって彼はいうの。そして、もしギターがあれば、世界中どこへ行ってもこまらない。人と人とが出会ったとき、言葉は障壁になるけれど、音楽は架け橋になるんだって」

「うわあ」

わたしはママの顔をまじまじと見つめる。

「それって……ええっと」

何をいっていいかわからない。だって、ママがこれまでつきあった男の人は、だれもそういう話をしなかったのだから。

「あらいけない」

ママが身をぶるっとふるわせた。わたしが目の前にいることをふいに思い出したみたいだ。

「こんなことベラベラしゃべってて、ジェリーが学校に遅れちゃう！」

ママのスマートフォンが鳴った。画面に表示された名前を見てママが顔をしかめる。

「あらあら、またマギー……」

ため息をひとつつき、画面をスワイプして電話に出る。

「ハイ、マギー、今日の調子はどう?」

明るい声で話しかけた。

わたしはお皿とマグカップをキッチンへ持っていき、歯をみがく。鏡を見るのは好きじゃない。そこに映る自分が好きじゃないから。それでも今朝は、自分が何を考え、何を感じているのかさぐるために、鏡に映った瞳をじっと見つめる。その奥にあるものをつかもうとしても、ぬれた魚や煙と同じで、なかなかつかめない。

玄関を出るとき、ママが電話で話す声がきこえた。

「だけどマギー、そんなことないって自分でわかってるはずよ。それは自分の心がいたずらをしているだけ。だれもあなたのことをそんなふうに思ってなんかいない」

親身になって相談に乗っている口調だったけど、ほんとうはもうマギーおばさんの愚痴にはうんざりしているはずだった。

それで思った。あの詩のように、人間は大人になっても仮面をかぶることがある。それも無意識のうちに。

13

　もちろん、いずれママは自分のつきあっている男の人をわたしに紹介(しょうかい)するわけで、その日は約一週間後にやってきた。それまでのあいだに、メッセージの送受信を知らせてスマートフォンがしょっちゅう鳴って、ママはまるでとりつかれたかのように、レノンのつくった歌を歌っていた。悔(くや)しいことに、それがすごくいい歌で、昼間気がつくと自分でも歌っているのだから、妙(みょう)な感じだった。

　そしてある朝、朝食の席でママがさりげなくいった。

「そうそう、今日レノンがうちに来るのよ。あなたが学校から帰るころに。古いレコードプレイヤーを貸(か)してくれるんですって」

「古い何?」

「レコードプレイヤー。ほら、ターンテーブルがついている音楽プレイヤー。むかしはそれで音楽をきいたのよ」

　そういってくすくす笑う。

「音楽好きなら、やっぱりレコード盤(ばん)できいてみないとって、レノンがそういうの」

「へえ、そうなんだ……」

もし家に帰ってきたときに、ふたりで寝室(しんしつ)にいたらどうしよう？　クリスといっしょだったときみたいに。

「わたしは……放課後は『コーヒー天国』に行ってるよ」

「あら、だめよ」

ママがすかさずいった。

「会ってちょうだい。きっと好きになる。レノンはママが前につきあった男の人たちとはちがうから」


休み時間にサンヴィが声をかけてきた。

「ジェリー、大丈夫(だいじょうぶ)？」

「わたし？　大丈夫(だいじょうぶ)だけど——どうして？」

「いやに静かだから。何か心配ごとでもあるの？」

「ない」

すかさず否定(ひてい)する。

「心配なんてないよ。ほんとうに」

頬が痛くなるほど口角をあげてつくり笑顔を見せる。

「ふーん。ならいいんだけど。カイマといっしょにKファクターで歌う歌の練習をするんだけど。いっしょに来ない？」

その歌なら、もう十六回はきいている。

「うーん……」

いいながら、あたりを見まわして逃げ道をさがす。すると、サッカーボールを手におおぜいの男子が校庭に出ていくのが見えた。

「ごめん、ウィル・マツナガにペナルティの取り方を教えてやるって約束してたんだ。大変なんだよこれが、サッカーの名手ともなるとさ……」

サンヴィがニヤッと笑う。

「ばくだいなお金を稼いで、なおかつ写真撮影のポーズも取らなくちゃいけないんだから、さぞ大変でしょうね」

「そうなんだ」

芝居がかった調子でいう。

「しかも筋ひとつ痛めたら、選手生命はそこで終わりだからね」

サンヴィがゲラゲラ笑い、わたしに手をふる。

「わかった。じゃあ、またあとでね」

そういってしまった以上、実際にサッカーをやっていなかったら、サンヴィとカイマにうそをついたと思われる。小走りで校庭に向かいながら、心がいらだってもやもやしている。すでに試合がはじまっていて、だれがどのチームなのかさっぱりわからない。走っていってコートのどまんなかに立った。

「おい、何やってんだよ？」

マーシャルが怒鳴る。

「どけよ、ジェリー」

「新しいゲームを考えたの」

わたしは背すじをぴんとのばして、両腕をぴたりとわきにつけて突っ立った。

「名づけて、電信柱に当てようゲーム！　わたしに向かってボールをけるの。もし当たったら、一点獲得。どーんと横幅があるから——的としては当てやすいでしょ！」

男子は顔を見合わせると、ゲラゲラ笑いだした。

「ジェリー、おまえってホント変なやつだな」とウィル。

「じゃあ、はじめようぜ」

男子のひとりがいい、わたしはゴールのまんなかに直立不動の姿勢で立った。

「けるのは、ペナルティスポットから！」

あらかじめいっておく。

「それより近づいちゃだめだからね！」

男子は一列になり、わたしに当てようと、順番にボールをける。ウィルはじょうずで、二度命中した。

ボールが当たってはねかえると、ズキズキする痛みが残った。けれどもふしぎなことに、その痛みが心地いい。胸のうちで大きなうずを巻く心配ごとと向き合うより、痛みに耐えるほうが楽だ。放課後にレノンに会うことを考えなくていいのだから。

男子はみんなゲラゲラ笑って楽しそうだ。休み時間終了のチャイムが鳴ると、かけよってきて、みんなしてわたしの背中をたたいた。口々に「おまえって、ホントおもしろいよ」といって。気分がいい。これだから、自虐ネタはやめられない。


重い足取りで家へ帰る。太陽は輝いているけれど、わたしの胸のなかではまだ黒い嵐雲がわだかまっていた。いよいよ、いやなことと向き合わないといけない。時を早まわしして一気に明日になればいいのに。

公園を通ったとき、どことなくなじみのある音がきこえてきた。簡単なメロディ。いったいどこからきこえてくるのか。あたりを見まわしたところ、ベンチに男の人がすわっていて、何か小さなものを口にくわえていた。

そうか、ハーモニカだ。『コーヒー天国』で会った男の人が、見せてくれた楽器。一瞬、あの人かと期待したけれど、ちがった。ベンチにすわっているのはもっと年配の人だった。頭のてっぺんがはげていて、そのまわりに白髪がぽよぽよ生えている。暑い日だというのに、茶色いウールのスーツみたいなのを着こんでいる。薄いブルーのシャツに、くたびれたコンバース。妙に古くさいけれど、おしゃれな感じもする。

　その人が吹いている曲は軽やかでありながら、どことなく物悲しい響きがあった。その場に突っ立って、しばらく耳をかたむけていたものの、そこではっと気づいた。ぼうっと立って自分を見ている人間がいるとわかったら、きっと相手は気味悪がる。それでまた歩きだした。その場を離れながらも、その哀愁に満ちた曲が迷い犬のように、どこまでもわたしについてくる。

　家の前に着いたころには気持ちが落ち着いていた。まるで歩いているあいだずっと、あの曲がわたしをはげましてくれていたようだった。大丈夫。きみならできる。みんなの知っているジェリーのままでいればいい。よけいな心配は無用だよ。新しい男がどんなやつであろうと、いずれいなくなる。にっこり笑って、適当にうなずいて、距離をおいていればいいさ。

　軽くあいさつをしてから、自分の部屋に入ろう。そうしてハーモニカの動画をインターネットでさがそう。

　ところが玄関のドアをあけたとたん、びっくりしてひっくりかえりそうになった。なぜなら、ダイニングに立って、大むかしのレコードプレイヤーに黒い円盤をのせながら、ママと生き生きと話をしている相手は、『コーヒー天国』で会った男の人だったから。

14

「やだうそ！」

びっくりだった。

「え、きみ！」

相手も同じように驚いているようだった。

それから男の人の顔に笑みが広がった。顔全体でほんとうにうれしそうに笑っていて、目がきらきら輝いている。

「やあ、また会ったね！」

ママはとまどっている。

「あなたたち、もうすでに会ってるの？」

男の人が心から愉快そうに笑い声をあげた。

「いや、これはすごい！　まったく予想外の展開だ。じゃあ、きみが、アンジェリカだったんだね？」

「ジェリー」

反射的に言葉が口をついて出た。

「みんなにはそう呼ばれてるの」

「わかった」

相手がうなずく。

「じゃあ、ジェリー。ぼくはレノンだ」

「あなたがレノン。信じられない」

ママの新しい彼氏はこの人だったのか。玄関から見たときは、ただもう驚いてわけがわからなかった。

レノンがママにいう。

「コーヒーショップで会ったんだ。二週間ほど前かな。親切にも自分のテーブルにぼくを相席させてくれたんだ」

ママが顔をしかめる。

「ママなしで、いつコーヒーショップに行ったの？」

そらきた。

「えっと……」

「学校から帰る途中に、ちょっと立ちよったんじゃなかったかな？」

レノンが助け船を出してくれる。

「そんなに長居はしなかった」

「あっ――そう、そう、そうなの」

わたしはいって、レノンに感謝の目を向ける。

「フリスにあいさつをしようと思ってよったの。ついでだから、なんか飲んでいこうと思って」

「知らない人に、自分から相席しませんかなんて、誘うべきじゃないわ」

ママが今度は別方向から攻めてきた。

「何があるかわかったもんじゃないんだから」

「店が混雑してたんだよ」とレノン。「あいている椅子が、そこにしかなかったんだ。どちらも良識にはずれることはしていない。そうだよね、ジェリー？」

わたしはうなずいた。

「音楽の話をしたの」

「ふーん」とママ。

「音楽といえば」

レノンが口をはさむ。

「大むかしの音楽テクノロジーに興味はないかい？　きょうはきみのママに、もっと音楽について知ってもらおうと思ってね」

レノンがレコードプレイヤーを見せてくれる。ケースに入っていて、ばかでかいノートパソコンみたいだ。ふたを持ち上げると丸い台が現れた。まんなかに金属の釘みたいなものが立っていて、片側にぐらぐらするアームが一本のびていて、その先端にするどい針が下向きについている。

「これがレコード」

レノンがいって、黒い円盤のようなものをかかげてみせる。うちのディナープレートぐらい大きくて、まんなかに小さな穴があいている。

「ＬＰともいう。塩化ビニールでできているんだ。表面にみぞがついているのがわかるかい？　そこに音が保存されている」

「ああ、あれね。それなら前に見たことがある」

あまり心をひかれない。

「カイマのパパが持ってた。いつの時代って感じ」

レノンが笑った。

「そう。きみからすれば、大むかしの遺物だろう。ぼくにとってのアマチュア無線みたいなものだね」

よくわからない。

「アマチュア無線って？」

「まあ、それはいいや」

　レノンがレコードをターンテーブルにのせ、アームを持ち上げてレコードのへりに針を慎重にのせる。それからスイッチを入れると、レコードが回転しだして――音楽が鳴りだした。

　むかし流行したような音楽をバンドが演奏している。アメリカに関するテレビ番組で、外輪のついた蒸気船とか、サトウキビを刈る風景なんかが白黒の映像で映し出されたとき、こういう曲がバックに流れていた。

　あっ、これは――金属的な響きで物悲しいメロディが流れてきた。

「ハーモニカ！」

　思わず声をはりあげた。

「そのとおり」

　レノンがわたしに向かってニヤッとする。

「もうスティーヴィー・ワンダーはきいたかな？」

「まだ。きこうと思ってたのに、忘れてた」

「あなたたちふたり、コーヒーショップでずいぶんたくさん話をしたのね」

　ママがいう。ちょっと不審そうな顔。

「今度来たときに、スティーヴィー・ワンダーのレコードを持ってくるよ」

　いったあとで、レノンがママのほうを向いてつけくわえる。

「もちろん、きみがよければの話だけど」

「いいに決まってるわ」

ママが朗らかに笑う。

回転するレコードを見ていると、みぞの上を針がすべっていくのがわかる。ずっと見ていると催眠術を受けているような気分になる。わたしがふだんきいている曲とはずいぶんちがっているけど、ただ古くさいだけじゃなく、生演奏のように音が間近で感じられる。歌っている人が、わたしたちと同じ部屋にいる感じ。ある部分で声がわれたり、音程がずれたりするのも、そのままきこえる。

目を閉じて、うちの居間でバンドが演奏している場面を想像する。カーペットの上で、バスドラムがたたかれ、演奏している人たちの息づかいも伝わってくる。ときどき音がかすれたり、パチパチいう音がきこえたり。音楽を受け止めて、空気までもが息づいている。自分が音楽をつかまえられる網をふりまわしているところを想像する。ひらひら飛びまわる音を、その網でかたっぱしからつかまえていく。

曲が終わると、レノンがプレイヤーのスイッチを切って、針のついた金属のアームをレコードからはずした。

「どうだった？」

レノンがきく。

「これって、お店で売られている最終盤なの？　なんだかリハーサルみたいな感じだったけど」

わたしがいったら、レノンが笑った。

「それがつまり、レコードの臨場感なんだ。コンピューターで完璧に加工するのとはちがって、生の演奏をそのまま録音する」

「歌ってる人、ちょっと音程をはずしたときがあったよね。でも、思い入れたっぷりに、心をこめて歌ってるのがわかって、それがよかった」

「ジェリー、きみは歌うの？」

レノンがきく。

「歌わない。歌えるけど。そういうのは得意じゃない」

「きれいな声をしてるのよ」

ママが口をはさみ、わたしの身体を引きよせてぎゅっと抱きしめる。

「きっとオペラ歌手のような体格をしているからじゃないかしら。うちのジェリーは、大きくて、がっちりしていて、たくましいの」

強く抱きしめられて苦しいうえに、ママの言葉がいちいち胸に突き刺さる。

「そうなの」

わたしはレノンに向かってニヤッと笑う。

「太った女性が歌う時代は終わったわけじゃないって、ママはよくいうの。いまにわたしが歌う日がきっと来るから、待っててちょうだい！」

　わたしが笑っているのでレノンも笑ったけれど、それからすぐ、あっさりこういった。

「でもおかしいな——きみは太ってなんかいない」

　冷たいものが背すじをおりていったけれど、レノンの言葉に対して、わたしが何かいう必要はなかった。ママがわたしから離れて、レコードプレイヤーにかがみこんだ。

「こんなふうにちゃんときいたのは、初めてかもしれない」とママ。「臨場感たっぷりで、とても新鮮。古い時代の曲だろうけど、それがいまも生きている。まるで歴史が自分に語りかけてくれているみたい」

　レノンが勢いこんでいう。

「そうそう、そこがレコードのいいところなんだ。べつのもきいてみるかい？」

　みんなで腰をおろして、また新たなレコードから流れる曲をきく。そのあいだレノンが、音楽に初めて興味を持って、父親にギターを買ってもらった少年時代の話をする。

「そのころのぼくには大きすぎてね」

　そういって、レノンはにこっと笑う。

「手が小さくて、コードをおさえるギターのフレットに指がまわりきらない。結局、おさえられたのは三つのコードだけ。でもそれだけおさえられれば、簡単な曲はひける。それでぼくはジャズやブルースに入っていったんだと思う。二、三のコードをくりかえしつかうだけで演奏できる曲が山ほどあるんだ。
基本的な十二小節形式のブルースに必要なのは三つのコードだけだ。きみたちだって、半日もあれば楽にマスターできる。そうして、基本さえできてしまえば、どんな曲でも歌える。
ぼくは子どものころ、学校が嫌いでね。体育の先生は子どもをいじめるのが趣味みたいで、ふりしきる雨のなか、校庭を何周も走らせる。そういうことに対する不満をちょっとした歌にした。『コクゴ地獄』なんてタイトルの歌までつくったっけ。ぼくは識字障害（文字の読み書き学習に困難を覚える障害）があって、いつも国語の成績は最下位だった」

ゲラゲラ笑うわたしをよそに、「まあ、かわいそうに」とママがいう。

「いや、これがおもしろいんだ。ぼくのつくった歌のことだけど。〝チャイムが鳴ると同時にぼくは逃げだしたくなる。だって、ココハ地獄、コクゴ地獄〟っていう歌詞。サビの部分のゴロ合わせが気に入ってね」

「自分の思いを音楽にたくして、生きぬいてきたわけね」

ママがいって、ほおづえをついてレノンの顔をじっと見つめる。

「まあ、そういうことかな。だって人生はおもしろいことばかりじゃないから。でもぼくにはいつでも音楽があった」

レノンが帰ると、わたしとママは焼いたジャガイモを食べながら話をした。

「彼、いい人でしょ？　だから、ジェリーもきっと気に入るっていったのよ」

わたしはジャガイモに、もうひとつかみ、おろしチーズをかける。ちょっと変な気分だった。レノンはいい人だ。それどころか、ものすごくいい人。だからこそ、よくわからない。これまでママがつきあった男の人たちとはまるでちがう。

まず話がおもしろい。自分のことを話すのでも、こっちがもっとききたくなるように話す。クリスもよく自分のことを話したけど、新しい車を買うためにお金を貯めているとか、保険会社のばかにぼったくられそうになったとか、職場の駐車スペースを横取りされたとか、そんな話ばっかり。

レノンは、新しいことを学ぶ楽しさを教えてくれて、自分の子どものころの悩みもさらけだして、大好きなことを見つけるのが大事だという話をする。

男の人がそういう話をするのはこれまできいたことがなかった。ただし、三年生のときの担任だったコレリー先生はべつだ。友だちどうしのいざこざや、いじめの問題を解決するのがとてもじょうずだった。子どもの話を親身になってきいて、自分がいじめられた実体験も話してくれた。

でもママはふだん、コレリー先生みたいな男の人とはつきあわない。レノンは口に出していえない思いを、音楽を通して表現するといっていた。それをきいて、まくらの下に隠してあるピンクのノートを思い出した。わたしも口に出していえない思いを詩に表現している。

ママが満足げにため息をつく。

「運命の人、なんてことはいわない……だけど、彼には何か特別なものを感じるの」

わたしはママの顔をちらっと見る。

「レノンの歌、ほんとうにいいと思った？　レコードできく音楽って、ほんとうによかった？」

「もちろんよ。ただ――」

そこでチーズのかかっていないジャガイモをフォークでつつく。

「最初はよくわからなかった。慣れるまでに時間がかかったのね。ふだん自分がきくような音楽とはちがったから。でも、あれはあれでよかった。これまで知らなかったものに触れてみるのって、楽しいでしょ？　それに、せっかく持ってきてくれた彼を、がっかりさせたくなかったし」

そうか、ママもふりをしていた。仮面をかぶっていた。ほんとうはそうじゃないのに、おもしろいふりをするわたしみたいに。

みんなそうなの？

本気かどうか、どうしたらわかる？

ほんとうの気持ちは、どうしたらわかる？

ほんとうかどうか、どうしたらわかる？
本物の自分を、どうしたらさらけだせる？
本物の友だちに、どうしたらなれる？
どういうときに、ふりをしたらいい？
すべては考え方しだいだとしたら？
みんなつまずきながら生きているとしたら？

15

残念なことに、それから数日レノンは顔を見せなかった。でもレノンからハーモニカを借りてあったし、スティーヴィー・ワンダーやサニー・ボーイ・ウィリアムソンの曲も山ほどきいた。男性と女性がハーモニカでポップソングをデュエットしている動画も見つけ、えんえんと見続けた。

ハーモニカを吹くのは見かけほど簡単じゃない。インターネットで見つけた初歩のレッスンでは、一音を出す方法を男の人が説明していた。ハーモニカのよくできているところは、息を吹きこんだときと、息を吸いこんだときで、音が変わるところだ。同じ穴をつかって二種類の異なる音が出せる！　けれど一度に一音だけ出すのは難しい。穴がすきまなくぎっしり並んでいるから、べつの音もいっしょに出てしまう。

ママは感心してくれない。

「そんなに同じ音を何度も出さないといけないの？」

そういって、あきれ顔を見せる。

「だって練習だもん。何度も練習しなきゃ、うまくなれないでしょ？」

「そうね。でもいつになったら、ちゃんとした曲が吹けるようになるの？」

ママは届いたばかりの商品をせっせと箱から出している。

「またグリーミング・グロウが入ってない！　ルイーズに殺される。もう一か月半も待たせてるんだから」

ママはスマートフォンでメッセージを入力して送った。

「ほかの代理店を当たってみるしかないか。ひょっとして、倉庫で商品をピッキングしている人のなかに、わたしを嫌っている人がいるのかも」

それからまたママは段ボール箱のなかをかきまわしはじめ、わたしはハーモニカで一連の音を鳴らしてみる。

「ちょっと、ジェリー、お願いだからやめて！」いきなりママがキレた。「自分の部屋でやってくれない？　こっちは集中しなきゃいけないの」

あらら。今日はずいぶんと、ご機嫌ななめ。ドアから出ようとしたところで、ママがさりげない感じでこういった。

「そうそう、おばあちゃんとおじいちゃんが今夜来るから」

おっと。それで機嫌が悪いのか。

「何時？」

べつにどうってことないふりをしてきく。

「六時。だから……ほら、自分の部屋をきれいにしておくとか、ね」

わたしの部屋はすでにきれいになっている。

「わかった」

自分の部屋に行ってハーモニカを片づけた。もう練習する気がなくなったからだ。

おじいちゃんたちが到着するまでに、ママは化粧品のパッケージをすべてリビングルームからどかして掃除機をまんべんなくかけた。ソファの上のクッションをひとつひとつふくらませ、わたしがすわろうとすると、「すわっちゃだめ、つぶれちゃうでしょ！」といい、コーヒーテーブルの上も片づけて、アロマキャンドルをともした。

入ってきたおじいちゃんは開口一番、「この耐えがたいにおいはなんだ?」と文句をいった。

おじいちゃんの背は高くない。横幅が大きくてずんぐりしていて、ペンギンのようにつま先がちょっと外に向いている。太ってはいないけれど、なぜか場所を取り、腰をおろすときはまたを大きく広げる。それをママは「男ずわり」といっている。たしかに女の人がそういうふうにすわるのは見たことがない。瞳は灰色がかったブルーで、たいてい怒った目つきをしている。

今日はママにさっとハグをしたあとで、両肩をつかんで身体を離し、上から下までとっくりと観察する。

「大丈夫なのか? なんだか疲れて見えるぞ。キャンドルの両方のはしから同時に火をつけるように、骨身をけずって働いてもしょうがない。こんなくさいキャンドルならなおさらだ!」

そういって、自分の冗談に自分で笑ってやかましい笑い声をあげる。

「で、ジェリーはどうだ? あっという間に大きくなったなあ。アーリーン、おまえはいったい娘に何を食わせてるんだ? ステロイドでも飲ませているのか?」

そういって、またガハハと笑う。

「お父さん……」ママが弱々しい声でいう。「ジェリーはいたって順調よ」

「そうよねえ、ジェリー」

おばあちゃんもいってくれる。いつもなら、自分の存在を消していて、表だって意見をいうことはないのに、いまは前に出てきて、わたしをぎゅっと抱きしめた。おばあちゃんの身体は軽くてきゃしゃで、小鳥のようだった。タルカムパウダーのにおいがして、いつも心配そうな顔をしている。

「何もかも完璧、そうよね？」

おばあちゃんがいってくれたので、わたしは笑顔を返した。けれどおばあちゃんの言葉を受けて会話をふくらませる人はいない。おじいちゃんは、おばあちゃんのいうことには注意をはらわないし、おばあちゃんも、決して強くものをいわない。

おじいちゃんが腰をおろして、ソファをほぼひとりで占領した。

「おい、アーリーン、あの棚はまだ直してないのか」

おじいちゃんは、壁のがらんとあいた部分をじっと見すえている。以前はそこに棚がおいてあったのだけど、こわれてしまってから、ずっとあいている。

「おまえの男は直してくれないのか？　あのクリスってやつは？」

「あの人とはもう会わないの」

ママがいって、ゴホンとせきばらいをする。

おじいちゃんは口から息をぷっともらし、やれやれと首をふった。

「今度も逃したってわけか」

「あんまりいい人じゃないんだよ」

助け船を出すつもりでわたしはいった。ママがひどく打ちひしがれているようだったから。

「ママにやさしくないんだから」

きつい目でママににらまれた。わたしの言葉はよけいだったみたい。

「タンゴを踊るにゃ、ふたりいる（一方だけを責められないの意）」

おじいちゃんがいったけど、わたしには意味がわからない。

「夕食の準備をしないと」

ママがいって、みんなに背を向けた。

おばあちゃんがはじかれたように立ちあがった。

「手伝うわ」といってママのあとについていく。

おじいちゃんとふたりきりでおいておかれるのはいやだった。けれどふたりのあとについてキッチンに入っていくと、ママがふりかえって小声でいった。

「ジェリー、おじいちゃんの相手をしてあげて」

わたしはくちびるをかんだ。

「でも……」

「学校でしているスポーツの話をしてあげたらどうかしら？」

おばあちゃんが提案し、わたしの髪を顔からそっとはらってくれる。

「ほら、おじいちゃんはスポーツが好きでしょ」

深いため息が出た。おじいちゃんがスポーツ好きなのは知っている。ただし好きなのは観戦であって、自分でやるわけじゃない。ほとんどどんなスポーツでもテレビで観るのは、審判に文句をつけるのが好きだからだ。

「わかった」

わたしはいって、重い足取りで居間へもどっていく。お年よりには敬意を持って接しなさいと、ママがよくいっている。あなたのおじいちゃんは、ひとりしかいないのよと。それで口角をにっとあげて、むりやり笑顔をつくった。

「この家には、飲み物を勧めてくれる人間はいないのかねえ」

わたしが近づいていくと、おじいちゃんがやんわりといった。身をかがめて、ＤＶＤの棚を物色している。

「おまえのママは、くだらんものばっかり観てるなあ」

「おじいちゃん、飲み物はいかが？」

「ありがとう、じゃあワインをたのむ」

おじいちゃんの目はまだ棚にそそがれている。

「こいつは、甘ったるいロマンスか？」

そういって、ジャケットに二組のカップルが笑顔で写っているＤＶＤをひっぱりだした。『ホリデイ』だ。ママはもう何百回も観ている。

「おじいちゃんは、ワインがいいって」

キッチンに大声で呼びかける。

「色は？」

ママも大声できいてきた。

「色は？」

おじいちゃんにきくと、肩をすくめてみせた。

「なんでもいいって！」

キッチンにまた大声で伝える。こんな狭いところで、なぜ伝言が必要？

正直いって、何を話したらいいかわからない。おじいちゃんはまだ『ホリデイ』のジャケットを見ていて、写真に写っているブロンドの女性を指でたたく。

「この女はまあ許せる。無邪気な笑顔がいい！」

ＤＶＤをコーヒーテーブルの上に放り投げると、ソファに背を預け、また大きくまたを広げた。

「最近の若い女ときたら、妙にいきりたっている。やれ、男女平等だ、なんだと、まったくうるさい。その点、昔は気楽でよかった」

おじいちゃんが何をいいたいのか、じつのところよくわからない。ママは男の人と同じように、自分の店を持ってバリバリ働いている。友だちと出かければ楽しい時間を過ごしている。

おじいちゃんは、そういうママのことも批判しているの？

スポーツのことを話すといいとおばあちゃんにいわれたので、最初に頭に浮かんだ話題に飛びついた。

「わたし、マーストン・ハイに入ったら、ラグビーを習うつもりなんだ」

ラグビーはおじいちゃんの好きなスポーツのひとつだった。

おじいちゃんはわたしの顔をまじまじと見る。

「は？　マーストンって、なんだ？」

「ハイスクール（小学校と大学の間の学校。日本の中・高等学校にあたる。）。九月からマーストン・ハイスクールに通うんだよ。あそこでは入ってすぐの秋学期（イギリスの学校は二学期が秋に始まる。）にラグビーの授業があるの」

「女の子にラグビーを教えるだと？　ばかをいっちゃいけない。どういうことだ？」

うわ、いうんじゃなかった。

「ラグビーは男のスポーツだ」

おじいちゃんの演説がはじまった。

「女が男みたいに乱暴にぶつかりあう必要がどこにある」

そこで何か思い出したのか、ゲラゲラ笑う。

「そもそも女が好むスポーツじゃない。爪がわれるとか、泥だらけになるとか、女はそういう心配ばかりする」

それから、女の子でも「安全な」スポーツについて、語りだす。ぶつかりあうこともないネットボールがいいとか、テニスなんかも、短いスカートをはいてやるのがかわいらしいなどという。わたしはうなずきつつも実際は聞き流し、頭のなかで詩を考えている。

わたしは女の子

わたしは泥まみれ
わたしは血まみれ
わたしはにせもの
わたしは笑いもの

わたしは夢
夢みる女の子
強い身体を持っているのは
日々戦うから

無視しないで
こっちを見て
耳をかたむけて
この心のさけびに

16

料理が出てくると、おじいちゃんはグラスでもう一杯ワインを飲んだ。料理はかたまり肉のローストなのだけど、ママが火に長くかけすぎてしまった。おじいちゃんたちがうちに来ていると、ママはたいてい緊張していて、こういう失敗をよくする。

焼きすぎた肉を見ながら、おじいちゃんがおせっかいにも指摘する。

「夫が欲しいなら、おまえは料理の腕をあげないといかんな」

いまどきそんなことをいうなんて、おじいちゃんは大むかしからタイムマシンでやってきたにちがいない。サンヴィのお父さんはレストランを経営していて、料理に関しては抜群の腕を持っている。カレーをつくらせても、チャパティを焼かせても、ママはパパの足もとにもおよばないとサンヴィがいっていた。

「きっとママは、夫なんて欲しくないんだと思う」

わたしはママに味方していった。取りわけてもらったビーフにナイフを切りつけるのだけれど、かたくてなかなか切れない。

「ジェリー……」

お願いだからやめてと、ママが目で訴えている。

「いや欲しいに決まってる。いつだって結婚を夢見ていた。小さなころからずっと」

そこでニヤッと笑う。

「自分が将来着るウエディングドレスを紙に描いて、花嫁付添人まで選んでいた――それが、しょっちゅう変わる。そのときどきでいちばん仲のいい友だちにするんだ。そうだったよな?」

ふいに答えを求められて、おばあちゃんは一瞬びっくりしてひるんだけれど、すぐ笑顔をつくってこういった。

「そうそう。あるときは、ジェシカとルビー。その子たちと遊ばなくなると、今度はヴィッキイか、あるいはキャンディス」

「キャンディス?　ああ、いたな。黒人の女の子だ。父親が刑務所に入ったんじゃなかったか?

よくある話だ」

わたしは怒りに任せてお肉を力いっぱいかむ。おじいちゃんはだれに対しても見下した態度を取る。そういう態度を直させようとするのは、湖のなかに立ってバケツで水をくみだすのと同じだ。どこからはじめればいいのかわからないし、いつまでたっても水は干上がらない。うっかりすると自分がおぼれかねない。

どうしてマギーおばさんがおじいちゃんとしょっちゅう言い合いになるのか、わかる気がする。マギーおばさんは、薬を使わずに植物の力で病気を治す自然医療や図書館の持つ力を信じていて、古い木を守り、ホームレスの人たちに支援の手を差しのべる。おじいちゃんはといえば、植物の力を信じるなんぞ迷信だと一蹴し、ホームレスはなまけていないで職につかなきゃいかんと決めつける。そういうおじいちゃんを好きになるのはとうてい難しいことだけれど、ママが努力しているから、わたしもがんばるしかない。

夕食が終わると、おじいちゃんがだれの了解も求めずにテレビをつけ、スポーツチャンネルをさがしだした。見たいチャンネルがないとぶつぶつ文句をたれながら、「お茶をいれているなら、わたしも一杯もらおう」といった。

だれもお茶なんかいれていなかったけれど、この言葉をきっかけに、おじいちゃん以外のみんながお茶をいれようと立ちあがった。その前に、わたしとママとおばあちゃんの三人で洗い物をし、食器をふいて片づける。

「ジェリーは、最近どう？」

おばあちゃんがいって、洗ったなべをよこし、わたしはそれをふく。

「最高学年っていうのは、また格別の思いがあるんじゃないかしら。大きくなったなあって、そう思うんじゃない？」

いったあとで、小さく息を飲み、ひどくうろたえだした。

「いいえ、大きいっていうのはね、学校でいちばん年が上ってことで、べつにその……ジェリー、あなたは大きくない、美しいのよ。悩む必要なんて……。ああ、わたしったら何をいってるのかしら」

「おばあちゃん、いいんだよ」

そういいながら、心のなかで大きくため息をついている。

「いいたいことはわかる。大人になったような気分がするってことでしょ。たしかに、そう。下の学年の子たちがすごく子どもに思える。最高学年になるっていうのは、いい気分だよ」

おばあちゃんは顔を赤らめ、おろおろしている。それでも小さくほほえんで、こういった。

「新しい学校は楽しみ？　お友だちも同じ学校に行くのかしら？」

「そう。カイマとサンヴィもマーストン・ハイに行くの。だけど大きな学校だから、同じクラスになれるかどうかはわからない」

「きっと新しいお友だちがたくさんできるわ。ジェリーはほんとうに明るく朗らかだから――

それはすごい強みよ」

そういって、わたしの肩をぽんとたたく。

「自信にあふれた人間に、人はひきつけられるものなの。ジェリー、あなたがそうよ」

わたしは笑顔を返す。わたしの自信は見せかけだってことをまったく知らない。

「ハイスクールの一年目に、新しい楽器を習えるわよ」

ママがいう。

「どこかで読んだ記憶があるの」

わたしの口がぽかんとあいた。

「ほんとうに？　それってほんとうなの？」

ママが笑った。

「そろそろ、あなたも楽器を習う時期ね」

「ハーモニカだって楽器だよ」

「ハーモニカ？」とおばあちゃん。「どうしてあなたがそんな楽器に興味を？」

「ああ、それはね――」

理由を説明しようとしたら、ママが口をはさんできた。

「ほら、お母さん、この子はなんでも熱中するから。最近のお気に入りがハーモニカ。インターネットで動画を見て、独学で練習しているのよ」

わたしは口を閉じた。ママはレノンのことを口にしてほしくないんだ。それでわたしは、おばあちゃんににっこり笑っていう。

「ちゃんと演奏できるようになったら、おばあちゃんに一曲きかせてあげる」

「まあ、それはうれしいわ。だったら、ママに歌を歌ってもらってもいいわね。すごくいい声をしているのよ、あなたのママは。学校のクリスマス会で歌ったときのことを、いまでも覚えているわ。天使の歌声みたいだった」

「お父さんには、ひどい音痴だっていわれたわ」

「あら、まともに受け取っちゃだめよ。あの人はそういって人をからかうのが好きなの。それに、白いワンピースを着て、髪にきらきら光る飾りをつけたあなたはほんとうに美しかった。みんなが口をそろえてそういってたわ。子どものモデルになったらいいなんて、そんなことをいってたお母さんもいたのよ」

「どうしてならなかったの？」

わたしはきいた。

「おじいちゃんはそういうのが嫌いなの」

おばあちゃんはそういって、リビングルームのほうにちらっと目をやり、声を落とした。でもその必要はなかった。おじいちゃんはＦ１レースに夢中で、レーシングカーのごう音がわたしたちの声をかき消している。

「モデルをするなんて、良識を疑われるって。そういうのを一切受け入れない人なの。ファッションとか、化粧品のビジネスとか……」

そこで小さな間があった。ママが口をぎゅっと引き結んでいる。

まずいことをいったのに気づいて、おばあちゃんが目を大きく見ひらいた。

「ちがうのよ。あなたのことをいったんじゃないの。自分の娘が自ら事業を経営しているのを、わたしたちが誇りに思っているのは知っているでしょ。お父さんもお母さんも、とにかくあなたに幸せになってほしいだけなの」

ママは何もいわない。

おばあちゃんはまたリビングルームに目をやってため息をついた。

「おじいちゃんには、悪気はないの。あれはもう性格だから」

それについては、だれも何もいえないようだった。

むかし、むかし、そのむかし
レコードプレイヤーがあったころ
子どもは毎日三キロ以上の道を歩いて学校へ通い
冬には寒さがひざにかみついてきた

石炭を火にくべ
パンには肉を炒めたあとの脂をぬり
ボードゲームのソリテールは、杭ではなく、玉をつかってた
男の子はラグビーをし
女の子はタイプライターを習い
黒人は行動を制限され
白人といっしょの席にはすわれなかった
黒人は白人とはちがうと差別されていた

それがいま
スマートフォンと
ソーシャルメディアで人々はつながり
ちがいは個性だといわれ
世界中の人とネット上でゲームができる
女性がサッカーをしている場面がテレビに映り
男どうしが結婚をし

だれとでも好きな相手と友だちになれる
けれど、うちのおじいちゃんのように
まだ気づかない人たちもいる
もはや自分の価値観は時代遅れだということに

17

次にレノンがやってきたとき、わたしは興奮に胸が大きくふくらんで、風船のようにはち切れそうだった。その日までに、ハーモニカ曲を一曲独学で練習していた。それをレノンにきかせたのだけど、緊張のあまりハーモニカが手のなかですべって、三回やりなおしてようやくちゃんと吹けた。

レノンが満面の笑みになる。

「すばらしい！　これは知ってるよ、ホリーズの曲だろ。ぼくも好きなんだ。すごいなあ。ここまでできるようになるには、そうとう練習したにちがいない」

「もう四六時中やってるのよ」

言葉と裏腹に、ママはぜんぜん迷惑そうじゃない。レノンがやってきてから、ちょっとはにかんでいる感じで、顔も赤くなっている。

「そうだ、ぼくと合わせてみないか？」

レノンがいって、玄関においてあるギターを手で示す。

わたしの胸が高鳴った。

「うん……いいね」

レノンはギターをケースから取り出してチューニングをはじめる。フレットをおさえながら弦を一本一本鳴らして調整していく。コードをいくつか試しに鳴らし、それからわたしの顔を見上げた。まるでお行儀のいいペットのように、ひざの上にギターが心地よさそうに収まっている。

「カウントするよ、いい？」

「いいよ」

「ツー、スリー、フォー……」

わたしはあまりじょうずには吹けないけれど、問題はなかった。わたしのたどたどしい演奏に合わせてレノンはやさしく弦をつまびき、次の音を見つけるのに手間取っていると、ちゃんと待っていてくれて、ぜんぜん急がない。なんだかふしぎな気分……なんていったらいいんだろう。これまで知らなかった自分が、表に出てくるような感じ？

演奏が終わると、のどに熱いものがこみあげてきた。なんだか泣きたいような気分。

「すばらしいわ、ほんとうに」

ママがそっという。きらきらした瞳で、わたしとレノンの顔を交互に見ている。

レノンがにっこり笑っていう。

「じゃあ、全体を通してやってみようか？　まんなかにハーモニカのソロが入る。そのタイミングになったら、ぼくが教えるよ」

おじいちゃんがすわって毒を吐いていたのと同じソファの上で、レノンがギターをひきだした。愛と兄弟と長い道。そんな言葉がくりかえし出てくる美しい歌をレノンが歌う。ママとわたしはうっとりして、フレットの上をなめらかに移動するレノンの指を見ている。

「ジェリー、ソロの準備はいいかい？」

わたしはあせってハーモニカを落としてしまった。自分が演奏することをすっかり忘れていた。それでもレノンは少しも気にせず待っていてくれて、今度はわたしもさっきよりずっとうまく吹けた。レノンの歌が終わると、ママが鼻をぐすんといわせた。

「ティッシュを持ってくる」

ママはバスルームに走っていった。

「どんな気分？」

そういって、レノンがわたしににこっと笑いかける。

すぐには言葉が出てこない。わたしにしてはめずらしいことだった。

「気分は……氷とハチミツ。冷たいのと甘いのが同時に胸に入ってきた感じ」

レノンがうれしそうな顔になり、瞳がダイヤモンドのように輝く。

「完璧な表現だ。お嬢さん、きみはまるで詩人だ」

わたしは一瞬ためらってからいう。

「実際に詩を書いてるんだ」

「ほんとうに？　すごいなあ。きみのママは何もいってなかった」

「ママは知らないの」

わたしはあせってバスルームに目を向ける。

「お願い、ママにはいわないで――」

ママがもどってきて、わたしはパニックになった。けれどレノンは、また新しい曲をギターでつまびきはじめ、わたしにそっとうなずく。

「今度はぼくの歌をきいてもらえないかな？」

わたしの秘密はだまっていてくれるようだ。

ママがひじかけ椅子の上で身を丸め、レノンは歌を歌いだす。自分がそこにいるのに気づいてくれない女の子の歌だ。

レノンを見つめるママのまなざしがやわらかくて、どことなくいつもと雰囲気がちがう。そうか、リラックスしているんだ。

ふだんのママはいつも次にすることを考えて身がまえている感じがあった。すわって緑茶を飲みながら、わたしとおしゃべりをしているときでも、全身を緊張させて、次の行動へ備えている。

それがいまは……落ち着いている。肩の力をすっかりぬいて。そして、あの表情……ママのああいう顔はこれまで見たことがない気がする。目もとの小さなしわも消えていた。

レノンに顔を向けると、目をつぶって歌っていた。コードを変えて指を動かすたびに、腕の筋肉が動く。自分の世界に完全に入りこんでいるようで、わたしたちがいることも忘れているみたいだ。その世界で、レノンは本物の自分になる。わたしたちは外側から彼を見ることしかできない。

レノンが目をあけた。その目が見つめるのは、わたしではなくママ。目と目が合った瞬間、空気がパチパチいった気がした。まるでふたりのあいだに電気が走ったように。

ずっとその場にいたかったけど、やっぱり立ち去るべきだろう。何かふたりのあいだに親密な雰囲気が生まれていて、そこにわたしの入る余地はない。だから立ちあがって、自分の部屋へ行く。まだ見つめあっているふたりを残して。

目と目が合う
部屋の向こう側とこちら側
一度合ったらもう離(はな)れない
ふたりの心臓(しんぞう)の鼓動(こどう)が
ハーモニーをつくり
世界中の目にさらされる
氷とハチミツ
冷たさと甘(あま)さ
愛は瞳(ひとみ)にあらわれて
音楽で結ばれる

18

それから数日して、ママがいった。

「レノンが、土曜日にピクニックに行こうっていうんだけど」

驚いた。うちにはピクニックに行く習慣はない。

「どこへ？」

「場所ははっきりわからないの。レノンが車で田舎に連れていくって」

田舎ときいただけで、興味がわいた。ママとわたしは都心からあまり離れることはなかった。

「ギターを持っていくのかな？」

するとママが笑った。

「きっと持っていくと思うわ。あれなしでどこへも行かない人だから」

このときママと話しながら、なんだか変な感じがした。夜になってから、その理由に気がついた。変なのはママの笑い方だった。気取りのない無邪気な笑い方。

土曜日は晴れていて、ママは出かける準備をするのにえんえんと時間をかけた。

「トップスはこれでいい？」

わたしに何度もきく。

「それともこっちかしら？　暑くなるとこまるわね。でも前にこの青いトップスを着ていったらレノンにいいねっていわれたの。いっそのこと全部やめて、グレーのワンピースにしようかしら？」

そういって、鏡に全身を映し、横向きになってお腹に手を当てた。

「だめ、これはムリ。お腹がつきでているのがわかっちゃう！」

ママのお腹はつきでてなんかいない。内臓のふくらみがあるだけ。お腹には人間にとって大事な器官が入っている。

「ジェリー、あなたは何を着ていくの？」

ふいにわたしに注意を向けた。

わたしは自分のかっこうに目を落とす。

「これだけど？」

紫色のレギンスに、クリーム色のTシャツ。Tシャツにはラメで「Pretty as a flower（花のようにかわいい）」という言葉がくるくるした飾り文字でプリントされている。ママが買ってきたものだった。

ママがちょっと顔をしかめる。

「まあ、いいか。わたしもレギンスをはいていくべきかしら？　あんまり飾り立てたくはないけど、少しでもきれいに見せたいのよね」

「ママは何を着てもきれいだよ」

いったそばから、まずかったと気づいてくちびるをかむ。わたしがほめるのをママは嫌うからだ。きっとしかられる。

ところがそうではなく、ママは片手をのばしてわたしのあごを包んだ。やさしい目でわたしを見て、「ありがとう、ジェリー」といった。

胸のなかが温かいものでいっぱいになった。ママがわたしからのほめ言葉を素直に受け取るのは初めてだと思う。うれしくなって、わっとママに抱きついた。

「ママはほんとうにきれいだよ。たとえゴミ袋をかぶっても、世界一美しいママなんだから」

ママがわたしを強く抱きしめる。

「まあ、うれしいことを」

チンという音。ドレッサーにおいてあるママのスマートフォンが鳴った。

〈メッセージ着信――クリス〉と画面の表示。

ママが手をのばし、メッセージを読まずに消去した。それからまた、服選びにもどる。

わたしは思わず笑顔になった。

レノンがやってくるころには、ようやくママも着ていくものが決まって、メイクも仕上がった。わたしは朝食のお代わりを食べ終えていた。

玄関のドアをあけると、笑顔のレノンが立っていた。

「ジェリー、準備はいいかい？」

レノンが着ている白いシャツは海賊を思わせた。茶色のジャケットとジーンズは、いつもと同じ。

「ギター、持ってきた？」

「車のなかだ。きみのハーモニカは？」

「そうだった！」

わたしは自分の部屋へ走った。うしろからレノンがいう。

「きみのママにも、演奏する楽器を見つけてやらないとな」

するとママが声を落としていうのがきこえた。

「わたしにはもうあるでしょ？」

レノンがくすくす笑い、ふたりがキスをするのが音でわかる。レノンのことは好きだけど、そういうことをするのはやっぱり気持ちが悪い。すぐにもどりたくなくて、ハーモニカをさがすのに必要以上に時間をかけた。

レノンの車はフォルクスワーゲンゴルフ。製造から八年がたっているという。なかに入ってみると、座席にはビスケットの粉みたいなのが落ちていて、下に包み紙がふたつ転がっていたけど、見なかったことにする。サクランボの形をした消臭剤がバックミラーからぶらさがっているけれど、車内はサクランボのようなにおいはしない。あまり車に気をつかわないらしい。

車を走らせて町を出るあいだ、レノンがゴスペル音楽をかけた。おおぜいの人が歌っていて、歌詞には折々に「神」という言葉が織りこまれ、きいていると幸せな気分になる。

「これ、学校の聖歌隊でよく歌ったわ」

ママが突然いった。

レノンが助手席のママを見る。

「だったら、ぼくのバンドで歌ってよ」

ママの顔が真っ赤になり、うろたえているのがわかる。

「だめよ、そんな。声はあんまりよくないの」

「自分で思っている以上に、いい声をしていると思うよ」

「あなたが歌っているのをきいているほうがいいわ」

ママがいって、レノンのひざに手をのせた。

「さあここだ」

レノンがにっと笑っていう。

「ここ」というのは、村の狭い一本道で、両側に家が建ち並んでいる。

「ここのどこが田舎なの？」

わたしがきくと、レノンが笑った。

「田舎はまだ隠れてる。心配いらない、ちゃんと見つかるよ。さあ冒険に出発だ」

冒険。ワクワクする言葉の響き。

車のトランクに、大きなリュックサックが入っていた。バスケットじゃないんだとわかって、ちょっとがっかりした。ピクニックって、バスケットにいろんなものを入れていくんじゃなかった？　以前に読んだ本のなかに、おおぜいの子どもがピクニックに行く場面があって、そこではひとり残らずバスケットを持っていた。けれども、リュックサックのほうが実用的なのかもしれない。レノンはそれを肩にしょってから、ギターを取り出す。わたしに笑顔を向けて、「用意はいいかい？」ときく。

「オーケー」

レノンがあいているほうの手をママに差しだして、ふたりは手をつないだ。

「こっちだ」

道ぞいに並ぶ家々はどれも少しつぶれたような形をしていた。屋根もかたむいていて、窓は少しゆがんでいる。どの家も建てられてからそうとうな年月がたっているようだった。玄関ドアの上についた小さなプレートに「１７４３」と建築年が書かれている。

「すごい」

思わず声がもれた。うちのアパートはたった五十年しかたっていない。この家は大むかしに建てられたんだ。

「ぼくもこういう家で育ったんだ。わらぶき屋根はとてもいいんだけど、クモがたくさん入ってくる」

ママがぞっとする表情になった。

「うわ。わたし、クモはだめ」

ほんとうにそうだった。うちにクモが出ると、雑誌でたたきつぶすのはわたしの役目。ほんとうは、びんに入れて外へ逃がしてやればいいんだろうけど、つかめない。わたしは弱虫じゃないけれど、そこまで強くもない。

二軒の家のあいだにすきまがあって、そこに人間だけがふみ越えられる柵がついている。柵の横に立つ「遊歩道」と書かれた看板には矢印がついていた。

「この先だよ」とレノン。

柵を越えた先には、日のあまり差さない細い道がのびていた。葉を密に茂らせた生け垣が両側に高くそびえている。足もとには石がゴロゴロ転がっていて、雑草が点々と生えていた。ときどき生け垣からイラクサの葉が飛びだしていて、皮膚に触れないよう、よけて歩いた。

「まったく場ちがいなかっこうで来ちゃったわ」とママ。

結局いろいろ迷ったあげく、ママはロングスカートに、バレエシューズ風のパンプスというかっこうに落ち着いていた。これでどうかときかれたときには、べつにいいんじゃないと思ったけど、自分はスニーカーをはいてきてよかった。

緑陰の濃い狭い小道は、どことなく秘密めいていて好きだった。つきあたりまで行ったら、きっと何かワクワクするものが待っているような気がする。

先頭を行くレノンが道のつきあたりにたどりついたと思ったら、一歩うしろへ下がった。一度にひとりしか通れないようにつくられた、U字形をしたスイング式の門がついている。

「キッシング・ゲートだよ」とレノン。

〝キスをする門〟なんて気持ち悪い名前だと思い、わたしは「ゲッ」といった。

レノンが大笑いして門を通っていく。

「ムリもない。ぼくもきみぐらいの年ごろには、その手のものにはすべて『ゲッ』と思っていた。それでいて、いつかだれかとキスすることができますようにと、心ひそかに思っていた」

自分の顔が真っ赤になるのがわかる。

「うわ、ぞっとする……」

「ジェリーは人気者なのよね」

ママがいいながら、わたしのあとから門をぬけてきた。

「魅力たっぷりだから、きっとつきあう男性は選び放題よ」

魅力たっぷり。お肉たっぷり。急にはずかしくなり肩をゆすって背中のうずきをふりはらう。

「あるいは、女性」とレノン。

ほんの一瞬、ママが驚く顔になった。

「そうね、女性かもしれない。こればかりはだれにもわからない」

キッシング・ゲートの先には野原が広がっていた。ふいに空がどーんと大きくなった。ずっと遠くに家が一軒見えたけど、それ以外は、えんえんと広がる野原と生け垣と空ばかりだ。あれれ……。

「馬だ！」

わたしは大声をあげた。わたしたちの歩く遊歩道は野原のわきにそってのびている。右手にくいとロープでつくった柵があって、その向こうに三頭の馬がいた。茶色い馬と、黒い馬と、白馬。ちょっと先のほうで草を食んでいる。わたしは大声で呼びかけた。

「お馬さん、こんにちは！　こっちへあいさつにおいで！」

そういって、みんながよく馬に向かってやるように、チュチュチュと舌を鳴らす。

馬たちが顔をあげた。けれどこちらに歩いてきたのは一頭だけ。黒い馬だ。

「おいしいものがもらえると思ってるのよ」とママ。「残念、ニンジンは持ってきてないわ」

「そうだ！」

レノンがいって、リュックサックを地面におろす。そうしてなかをさぐりはじめた。

「ニンジン、持ってきてたの？」

わたしはレノンにきき、ロープをはりめぐらされた柵の向こうに手をのばして、ベルベットのようにやわらかい黒馬の鼻に触れようとする。きっとこれは馬じゃなくて、ポニーだろう。ええっと、ちがいはなんだったっけ？

「ないな……」

レノンがいって、なおもさぐる。

「だけど、リンゴは持ってきたと思うんだ。ほら」

わたしはリンゴを手のひらにのせて馬に差しだした。馬は鼻から息をフーッと吐きだして、首をのばしてきた。わたしの手をよだれでベトベトにしながら、リンゴをむしゃむしゃ食べる。くすぐったくて、思わず笑い声が出た。

「まあ、ジェリー。その手、どうするのよ」

わたしは馬の鼻をなでた。

「べつにいいよ。馬って、大きいと思わない？　ほら、テレビなんかで見るとそんなでもないのに。これにどうやって乗るんだろう？　わたしの頭より高いところに背中があるんだよ！」

「そういえばわたし、乗馬のレッスンをずっと受けたいと思っていたっけ」

ママがいう。

「マギーとふたりで、一生懸命たのんだんだけど、お金がかかりすぎる、騎手にでもなって賞金をたんまり稼ぐのでもなければ、ムダだって父親にいわれた。それで……マギーったら、それから丸々一週間、父親と口をきかなかったの」

「よし、それじゃあ、次の誕生日（たんじょうび）プレゼントに、ぼくが乗馬のレッスンを贈（おく）るよ。だって、悔（くや）しいじゃないか」

ママがにっこり笑い、日ざしが瞳（ひとみ）にきらきら反射（はんしゃ）する。

「おじいちゃんは、そういう人なんだよ」

わたしはレノンに教える。

「ほかの人に楽しいことをさせたくない。とりわけ女の子には。女は男より劣（おと）っているって、そう思ってるの」

するとママがおじいちゃんをかばう。

「そうじゃないのよ、ジェリー。おじいちゃんは、むかしに生まれたってだけよ」

「むかしって——十八世紀？　レンク先生だって、おじいちゃんと同じぐらいの年だよ。でもおじいちゃんみたいな考え方はしない」

そこでレノンに顔を向ける。

「男の子のほうが、女の子より優秀（ゆうしゅう）だと思う？」

レノンはためらい、のどに息をつまらせたような顔をした。男の人にこういうことをきくのは初めてで、とりわけママの彼氏（かれし）にはきいたことがない。ふいに、どんな答えが返ってくるか、恐（おそ）ろしくなった。

「ぼくはそうは思わない」

レノンがようやくいった。馬に向かって難しい顔をしている。

「ただ、男の子には女の子よりじょうずにできることがあるし、女の子にも男の子より得意なことがあるとは思う」

わたしは腕組みをする。

「たとえば？」

「ちょっとジェリー……」

ママが気まずそうにいう。

「せっかくの楽しい気分をこわさないで」

「いや、いいんだ。いい質問だ。答えたいんだけど、ちょっと考えがまとまらない」

そういってしばらく地面をじっとにらんでから口をひらいた。

「たとえば女の子は、悲しいときに、素直にその気持ちを打ち明けられる。友だちに助けを求めるのがうまい。しかし男の子は心配ごとがあると、頭のスイッチを切り替えて何かべつのことに熱中する。サッカーの試合を観たり、音楽を演奏したり……あとはそうだな、走りに出たりする。男は一度にたくさんのことを考えないような気がする。その点女性は、いつもひたむきに何かを思っていて、スイッチを切ることができないんじゃないかな」

そこでレノンはまただまって、ちょっと考える。

「いや、でもそれはぼくの知っている女性の話だよ。つまり女性ならみんなそうだっていうわけじゃない。男友だちでもいるんだよ。しょっちゅう心配しているやつが。それで苦しくなっちゃって、何かほかのことをやりだしても、集中できない」

わたしはレノンの顔をまじまじと見る。

「念のためにきくけど、レノンって男だよね？」

レノンが噴きだしてゲラゲラ笑う。

「だって、そういうことをいう男の人に出会ったことがないから」

「へえ、そうなんだ」

レノンがわたしににっこり笑う。

「だとすると、男はその手の話をするのがあまりうまくないってことじゃないかな。ほら、これもまた女性のほうが得意なことだ」

わたしはママをふりかえる。

「ママも、いつもひたむきに何か思ってる？」

ママはやわらかなまなざしでレノンをじっと見つめ、目をうるませる。

「そうね」

いってから横を向き、まったくちがう口調でいう。

「さてと、そろそろ食事にしない？」

うちの前の道路を走る赤いバス
毎日九時四十七分に到着する
バス停に同じ人たちが列をつくって
赤いバスが来るのを待っている
ある日わたしもいっしょに並んだ
バスがやってきて
ママといっしょに二階の席にすわる
うしろで男の人が赤いバスのことを話している
わたしはふりかえって教える
これは青いバス
いや、そんなことはないと男の人がいいかえす
バスは赤だ
いつだって赤だった
九時四十七分に到着するバスはいつも赤
きみは見まちがえたのさ

わたしは顔を真っ赤にしてすわっている
見まちがいだといわれて心外だった
バスをおりるとき
ふりかえって見てみた

青いバス
その日は赤ではなく青だった

さっきの男の人をさがしたけれど、もういない
やっぱりわたしが正しかったと、いってやることはできなかった
ママに話したら
それって、そんなに重要？　っていわれた
重要だった
だって、あの男の人は自分では見えていると思っているものが
ほんとうは見えていなかったんだから

いつでも自分はちゃんとわかっていると思っていても

わかっていないことがある
これもその一例

19

野原のくぼ地を見おろすベンチを見つけた。食事をするのにぴったりだった。けれどレノンは、地面にすわらなきゃピクニックじゃないといって、ピクニック用のシートを広げた。布地の裏に水がしみこまない素材がはってある。ママもシートの上にすわって、ベンチはテーブルにすることにした。

レノンがすまなそうにいう。

「ふたりが何を食べたいかわからなかったんで、必要以上にたくさん持ってきてしまった」

わたしはうれしかった。チーズサンドイッチ、ハムサンドイッチ、ポークパイ、エッグバイツ、スティックパン、フィンガーチョコ、カップケーキ、ブドウ、リンゴ（黒い馬にあげたので、ひとつ足りない)、オリーブ、ベビーコーン、トマトがある。水の入った大きなボトル一本と、缶入りの炭酸飲料が三本。

「これだけたくさんのものが、どうしてリュックサックひとつに収まるの?」

ずらりと並んだ食品を見て、ママが目を丸くする。

「大変だった」

レノンがいうと、ママがワハハと笑い声をあげ、わたしはベビーコーンをのどにつまらせた。あけっぴろげで、まったく気取らない笑い。いつもとちがうのに驚いて、ママの顔をまじまじと見る。

「なんなの?」

ママがふしぎそうな顔をする。

食べても、食べても、きりがない。たくさん残ったらレノンが持って帰るのが大変だから、これはいいことをしているんだと自分にいいわけしてバクバク食べる。ママもふだん以上によく食べて、カロリーのことなどまったく口にしない。

食事が終わると、みんなでシートの上に寝ころがり、空を見上げて雲を何かに見たてるゲームをした。

「ドラゴン」

わたしは雲のひとつを指さしていう。

「ちがうよ」とレノン。「あれはゾウが踊ってるんだ」

「ちがうよ」

わたしは負けない。

「赤ちゃんがおふろに入っているの。ほら、てっぺんから頭がつきでているでしょ」

そこでわたしは声を変える。

「ぼく、ちゃんと、おふろに入れたよ。うわっ、すべった。やだ、おぼれちゃう……！」

モノマネとしてはお寒い限りだけれど、レノンが笑いだし、それを見てわたしも笑い、ママもくすくす笑った。レノンがせきこんで、まともに息ができなくなって起き上がると、ママが本気で心配し、笑うのをやめた。でもわたしのほうはひたすら笑い続け、しまいに横っ腹が痛くなってきて、それがまたおかしくて、なおも笑う。そんなわたしを見て、せきがとまったレノンがまたもや笑いだす。いったいいつになったら笑いがとまるのかわからない。しまいには、だれかに足を持たれてさかさまにゆすぶられ、身体のなかからいやなものを全部吐きだしたような気分になった。

笑っているうちにシートの外に転がり出てしまったので、またもどって寝ころがり、空を見上げる。身体が軽くて、ぽかぽかして、気持ちがなごんだ。草が成長して、虫が走りまわって、日ざしがジュージュー音を立てるのがきこえるようだった。

レノンがギターをひきはじめる。わたしの知らない曲。「疑問」がいろいろ出てきて、でもその「答え」は風に吹かれているというような内容だった。気分が落ち着く。目を閉じて歌の世界にひたる。

すると、ほんの小さな、いまにも消え入りそうな声が、レノンの歌声によりそうようにきこえてきた。わたしははっとして目をあける。

ママが歌っていた。

20

「もうすぐ休み！」

月曜日、校庭で顔を合わせるなり、カイマが大声をはりあげた。わたしもいっしょになって小躍りし、大声をあげる。

「休み！　休み！　学期半ばの中間休み！」

「うちに来ない？」

カイマがいい、それから期待をこめていいたす。

「それか、あたしがジェリーの家に行く」

わたしは浮かない顔をする。

「ごめん、出かけるんだ。ホリデーパークに泊まるの。もうずっと前から予約してあって」

「ええ――――っ。それはないんじゃないの。一週間ずっと、あたしはフラといっしょに家にいろってこと？　フリスは仕事を休めないし、この時期どこかへ遊びに行くお金なんかないってママはいうし。ギリシアのコルフ島で夏休みを過ごすために、節約しなきゃいけないからって。ひょっとしてサンヴィなら、家に来てもいいっていってくれるかな」

そこでわたしは、カイマの気分を盛りあげてやることにした。

「えーっ、どうして。大好きな妹とずっといっしょにいられるなんて、最高じゃないの。あんなにかわいい妹と！」

そこでわたしはフラの声まねをする。

「カイマ、何してるの？　カイマ、いっしょに遊べる？　カイマ、おもちゃを全部貸して、ママがそうしろっていってるよ！」

カイマが笑いころげる。

「妹そっくり！」

サンヴィが走ってきて、息を切らしていう。

「よかった、チャイムにまにあった。遅刻するかと思った！」

カイマはまだゲラゲラ笑っている。

「ちょっとサンヴィ、これきいてよ。ジェリー、もう一回やって！」

わたしはまたフラのモノマネをする。カイマが甲高い声で笑うものの、サンヴィはあいまいな笑みを浮かべるだけ。

「たしかにフラにそっくり。でも、それって……」

足をもじもじさせて、地面をにらんでいる。

「何よ？」

わたしは自分の声にもどっていう。それからまたフラのモノマネにもどる。

「もう、ちゃんと教えてよ！　お姉ちゃんたちは、いつでもあたしを仲間はずれにするんだから！」

「つまり……もし本人がきいていたら？　フラはきっといやな気持ちになるんじゃないかな」

いきなりパニックになり、あわててふりかえって校庭に目を走らせる。フラの姿はどこにもない。

「いないよ」

わたしはきっぱりいった。

「だいたい先生のモノマネはいつだって本人がいる前でやってるわけだし」

「そんなことないよ」とサンヴィ。「先生がやってくると、すぐやめて、顔を真っ赤にするじゃない」

「そんなわけないって！」

わたしはゲラゲラ笑う。

「いや、でもそうか」

「ホント、ホント」とカイマもいう。「まるでトマトみたいに真っ赤っか」

「それか、郵便ポストみたい」とサンヴィ。

「それか、イチゴ」とカイマ。

そこでカイマはさっきまで話していたことを思い出した。

「ねえサンヴィ！　中間休みのあいだ、サンヴィの家にいさせてもらえない？　お願いだから、いいっていって。フラとずっといっしょだなんて、気が変になりそう」

カイマに腕を強くつかまれて、サンヴィは顔をしかめた。

「わかった。わかったから放して！」

チャイムが鳴って、「ホントにホントにホントにありがとう」とカイマがくりかえすなか、わたしたちは校舎に入った。

なんだかお腹がしめつけられるように痛い。ずっと人のモノマネをやってきたけど、べつに意地悪でやってるつもりはなかった。簡単にまねできるからやっている。ただそれだけのことだった。その人の行動のくせ、話し方や歩き方のくせ、鼻をうごめかしたり、鼻を指でこすったりするところをうまくとらえているんだから、まねされるほうだっておもしろいと思ってくれているはずだった。

　そこでふと思った。フラには障害があるから、まねをするのはよくないのかもしれない。そう考えたらちょっと胸が痛んだ。自分とちがうところのある人を、じろじろ見たり、からかったりしてはいけないと道徳の授業で教わった。フラは事故で片腕のひじから先を失った。そういう人のモノマネはすべきじゃないってこと？　だけど、フラはとてもまねしやすくて……。

　考えながら歩いていたら、マーシャルに体当たりして壁に激突させてしまった。

「痛え――っ！」

「あ、ごめん！」

　マーシャルが勢いよくこちらにむきなおり、肩をさする。

「超、痛え」

「だから、ごめんねって。見えなかったんだよ」

　マーシャルがくちびるをとがらせて、しかめっつらをする。

「ちゃんと前見て歩けよな。ジェリーにぶつかられるってのは、戦車にひかれるのと同じなんだから」

　それだけいうと、くるりと背を向けて教室に入っていった。

　通学かばんをフックにかけるのに、必要以上の時間をかける。はずかしさに真っ赤になった顔を人に見せたくない。戦車。だれよりも身体が大きくて重たいから……。

棒や石をぶつけられたら痛いけど、言葉なら平気だよ。子どものケンカではよくそういいかえす。だれが最初にいいだしたのか知らないけど、それはうそだ。棒や石でできた傷ははっきり見えるけど、いずれ消える。言葉でつけられた傷は目には見えないけれど、永遠に消えない。

午前中のあいだずっと、自分が自分じゃないみたいだった。お腹のなかが激しくかきまわされている感じ。鉛筆をつかってふざけて、クラスメート数人を笑わせてみるものの、ムリしてやっているのが自分でもわかる。

そうして、休み時間にトイレにいったら、ショーツに黒っぽいしみができていた。

21

ただもう驚いてしみを見つめる。どうして……？　なんで……？　どっかぶつけたっけ？　知らないあいだにけがをしたとか？　どう見てもこれは血だ。ちょっと茶色っぽいけど。

まさか。

やだ、うそでしょ。

うそ、うそ、ありえない！

頭のなかにカイマの部屋が浮かんでいた。あそこにあった『あなたの身体とその変化』の……第一章……生理。

やだ。どうして。なんでわたしがならなくちゃいけないの。まるでショーツのせいだといわんばかりに、自分の下着をにらみつける。冗談じゃない。ほんとうにこんなことが起きるなんて信じられない。毎月、血が出る。わたしの……から。やだやだやだ、考えたくもない！　まだ十一歳だっていうのに！

　頭にきてトイレの壁をなぐった。

「きゃっ！」

となりの個室から声がした。

「何、いまの？」

「ごめん！　すべったの！」

うそが口から飛びだした。

パニックが冷たいシャワーのように全身にふりそそぐ。どうしたらいい？　必要なものなんて……持ってない。ママが持っているビニールのパッケージに入った四角いのや、ちっちゃなつつみたいなもの。持っていたところで、どうつかうのかわからない。公衆トイレのなかには、そういったものを売る自動販売機が設置してあるところもあった。でも、学校に販売機はない。あったとしてもお金を持っていない。

血……どのぐらい出るんだろう？　何もしなかったら、スカートにしみだしてしまう？　しまいにはスカートからもれて、赤茶色の水たまりにすわっているみたいになる？　みんなに指をさされて笑われる場面を想像して、恐怖に全身が凍りついた。そんな目に遭ったら一生心に傷が残る。

　ちょっとめまいがした。あの本には、初めて迎える生理は人生のビッグイベントだと書いてあった。女の子が大人の女になった証しなのだからと。突然大人の女になったから、それで気持ちが悪くて吐き気がするの？

　個室のドアが強くたたかれて、ビクンととびあがった。

「なかの人、大丈夫？」

　しゃべれない。ドアの外でぼそぼそ話す声がする。

「だれが入ってるの？」

「わからない、でもずーっと出てこない」

「きっと、〝大〟じゃない」

　くすくすと笑い声。

「もしかして、失神してるとか。学校のトイレで気を失った子がいたって、妹がいってた。先生がドアをこじあけて助けたらしい。そういうときは窒息しないように、うつぶせで顔を横向きにして寝かせないといけないんだって」

「ちょっと前に、バンって音がしたの。あたしはとなりの個室に入ってたんだけど、びっくりして、チビりそうになっちゃった」

笑い声。

「まさかそれはないでしょ。でもなかの人、頭を打ったんじゃない？」

「すべったって、そういってた。そのあとで気を失ったのかも。しばらくしてから失神するってあるかな？」

「だれか呼んできたほうがいい？」

「ドアの下をのぞいてみて。床に横たわっているかもしれない」

わたしはあわててトイレットペーパーをがらがらとひきだし、何重にもたたんでショーツのなかに入れた。

「トイレットペーパーがまわった。失神してないよ」

「じゃあ、泣いているのかも。もしもし、なかの人、大丈夫？」

「それはもうきいたって。でも答えない」

「あたし、いじめ撲滅委員会の長を務めたことがあるから、話をきいてみる。ああ……もしもし。何かこまっていることがある？」

「わたしがさっきいったのと、どこがちがうのよ？」

「大丈夫かってきかれたら、答えはイエスかノーしかないでしょ」

「どこか具合が悪いのって、そうきけばいいってこと?」

わたしはトイレの水を流して、ドアをあけた。女の子三人が倒れこんでくる。

「やだ」

ひとりがいった。

「ジェリーじゃない! 大丈夫?」

「大丈夫だけど」

驚いた顔をつくっていう。

「どうしてそんなことをきくの?」

女の子たちが互いの顔をちらちら見る。

「だって、ずーっと出てこないから」

「ああ、そっか」

いいながら、頭をモーレツに働かせる。

「コントの流れを考えてたの」

「どんな?」

「それがね……」

こうなったら、うそにうそを重ねるしかない。

「ベリーズ校長先生が、ジョーンズ先生と歯医者でばったり出くわすの。校長先生はちょうど麻酔をかけて処置してもらったばかりで、口がまひしているからまともにしゃべれない。『こんにひは、ジョーンズへんへー。ほんなほほろで会うなんて、めずらひーわね』そういいながら校長先生がよだれをあちこちに飛ばすので、ジョーンズ先生は思わず身を引く」

女の子たちは大笑いしている。

「でもちょっと長くいすぎたね」

そういって、わたしは個室を手でさす。

「一度腰をおろして考え出すと夢中になっちゃって、出るのを忘れちゃうの」

「うちのお兄ちゃんは、トイレにスマホを持っていくの」

女の子のひとりがいう。

「それで何時間もこもってる」

この発言が火だねとなって、トイレに何を持っていくか、最長何時間トイレにいたことがあるかといった話題で盛りあがる。どの個室もあいていなくて、ヘティー・キャラハンが床にもらした話まで出てきた。わたしはみんなのあいだをぬけて手を洗い、ひとりトイレから出た。

時間が飛ぶように流れていくと感じることはよくある。でもいまはその逆。一分が一時間に感じられる。

ランチタイムになると、トイレへ走っていって、新しいペーパーに取り替える。思ったほど……多くない。それで少しはほっとしたものの、学校が終わるまでずっと緊張はとけない。

ショーツにペーパーをはさんでいる状態というのは気持ち悪くて、一日中もぞもぞしていた。

その場にそぐわない、まったくおかしなことを大声でさけびたい。そんな気持ちになるときがある。たとえば集会でみんながしーんとだまっているときに、「トラのパンツはいいパンツ！」とかなんとか、大声でさけびたい。でも実際にはやらない。だって気分がいいのは一瞬で、そのあとでさんざんにしかられるのがわかっているから。

でもその日の午後はずっとそんな気分で、「あそこから血が出てる！」とさけびたいのを必死にこらえていた。でも静かにしているのはあまり得意じゃないので、思いっきりばかげたことをいったり、したりして、気をまぎらわせた。おかしなことをしていると自分でもわかっていながら、やめられない。もしやめたら、はずかしい言葉が口から飛びだして、一度飛びだしたら、あとはもう噴水のようにとめどなくあふれだす。みんなに白い目で見られて、いやそうな顔をされて、しまいにわたしは床の上でわんわん泣いて、二度と学校に行けなくなる。

「アンジェリカ」

レンク先生がいう。これで何度目だろう。

「たのむから、じっとしていてくれないか」

でもできない。黒板のはしにわたしの名前が書いてあって、先生に注意を受けるたびに、その横にバッテンが増えていく。

「五つになったら、休み時間はなしだ」

先生が警告する。

ぎりぎり四つにとどまって、なんとか一日を終え、終業のチャイムが鳴ると同時にわたしはゲラゲラ笑いだした。だれにも知られていない！　だれも気づかなかった！

廊下に出て、歯医者の校長先生のコントをさらにおもしろくして、カイマとサンヴィにやってみせる。ふたりともおかしくて笑いころげた。

「もうサイコー」

カイマがいって目ににじんだ涙をぬぐう。

「Kファクターはそれで行くべきだね」

「そう思う？」

わたしはきいた。

「でも……」

サンヴィは例によって慎重だ。

「校長先生本人が見てるわけでしょ。みんなの前で笑い者にするのはちょっと……」

「部分的に変えることもできるよ」

わたしはいった。

「歯医者のほうに注目を集めるって手もある。そうだ、レンク先生を歯医者にしよう！　校長先生が歯医者さんに行ったところ、なんと治療をするのはレンク先生だとわかってびっくり。

しかもレンク先生は『これはアルバイトなんです。教員が安月給だってのは、世間でも有名ですからね』なんて校長先生にいうの。で、校長先生が、『あなた、資格は持ってるの?』ときくと、『四日間の講習を終えましたし、ドリルのあつかいはプロ並みですよ』ていうんで、校長先生は失神して床に倒れる!」

サンヴィは目を輝かせ、うんうんうなずきながら話をきいていた。

「すっごいおもしろい！　こっちのほうがずっといい！」とサンヴィ。

「でしょ、でしょ！」

わたしはかばんを取ろうとフックのほうを向いた。

「あっ、ちょっと待って」

サンヴィがいって、腰をかがめる。

「スカートに何かくっついてる……ほら！　何、これ?」

氷水の入ったバケツを頭の上でひっくりかえされた気分だった。身をねじってサンヴィから逃れ、スカートを手でひっぱった。

「ああ、なんでもないの。さっきチョコレートの上にすわっちゃっただけ」

「ついてないねえ」

サンヴィは興味を失ったようだ。

「じゃあまた明日の朝にね！」

「うん」

手をふってふたりを見送ったあと、カーディガンを慎重に腰に巻きつけ、スカートのうしろをだれにも見られないようにする。それから不安な気持ちをかかえて、家に向かって歩きだした。ママが助けてくれる。ママになら話せる。

けれども玄関のドアをあけて居間に入り、かばんを床に落とすと、ママはいなくて、その代わりに、ひじかけ椅子にすわってギターをかき鳴らすレノンがいた。

22

「やあ、ジェリー」

レノンがにっこり笑っていう。

「今日は何か新しいことあったかい？」

「どういう意味？」

言葉がきつくなった。

「べつに何もないけど」

レノンが驚(おどろ)いた顔をする。

「ああ、ごめん。気を悪くしないでくれ。ほら、『学校はどうだった？』っていわれるのって、いやじゃない？　だからちがう表現(ひょうげん)にしただけなんだ」

「ママはどこ？」

わたしはとうとつにいった。

レノンが廊下(ろうか)をあごでさす。

「自分の部屋で電話をしてる。ドアを閉(し)めきってね。本部で何かあったみたいだ。いいことなのか悪いことなのか、よくわからないけど、とにかく深刻(しんこく)な感じでもう十五分もこもってるよ」

そこでふと心配そうな顔になる。

「きみのほうは、大丈夫(だいじょうぶ)？　なんだかいつもとようすがちがうけど。何かあった？」

どうしよう。たしかにいまのわたしは変だ。暑さと寒さがいっぺんにやってきた感じ。レノンの顔を見つめながら、頭がぼうっとして、ちょっと吐(は)き気(け)もする。視界(しかい)のへりがだんだんに暗くなっていく。

レノンがはじかれたように立ちあがった。

「ジェリー、すわって。まずは――」

けれどその先はきこえなかった。

目をあけたときには、床に横たわっていた。おかしい。どうして床にいるの？

となりにレノンがすわっている。

「よかった！　気がついた」

「えっ？」

まだ頭がぼうっとして、身体が重たく感じられる。なんだか疲れている。

「失神したんだよ。ぼくの前の彼女がしょっちゅう気を失ってたから、きみのようすを見て、たぶん同じことになるんじゃないかってわかった。心配はいらない、大丈夫だと思う。頭をぶつけたりはしてないから。女性にはよくあるみたいだ。今日ランチはちゃんと食べたかい？　その彼女は、ちゃんと食べていないときによく失神した」

「えーと……」

わたしは頭を働かせる。

「ランチはちゃんと食べた」

何を食べたかははっきりしないけど、食べたことは覚えている。ランチはいつだってちゃんと食べる。

「それはよかった。じゃあ、数分もすればよくなるよ。そのまましばらく寝ていたほうがいい」

急にばかみたいに思えてきて、起き上がった。

「いきなり動いちゃだめだ。また失神するかもしれない」

「もうしない。これまで一度だってそんなことなかったんだから」

実際に失神してみると、思っていたのとは感じがちがった。

「きみのお母さんを呼んでくる」

組んでいた長い脚をほどいてレノンが立ちあがる。

「きみの意識がまだもどらないうちは、部屋を出ちゃいけないと思ってたんだ」

「あっ、呼びに行かなくていいから」

ママは娘の病気に過剰反応を起こす。最悪の状態を心配して、大げさに騒ぎたてるのだ。いまは騒ぎたててほしくなかった。

「じゃましないであげて。わたしは大丈夫。あとでちょっと話をすればいいだけだから」

レノンは首をちょこんとかしげた。

「ほんとうに？　まだ顔色が悪いけど」

「もう少しここですわってる」

いいながら、もっと楽な姿勢になろうと脚の位置を変える。

「スカートに何かついてるよ」

わたしは凍りついた。

今日までの人生で、自分の身に起きたいちばんはずかしいことかもしれない。もうどうしていいか、わからない。

「チョコレート」

　気がついたら、ぶすっとそういっていた。

　わたしのぶっきらぼうな口調に驚いたのか、レノンのまゆがぴょんとはねあがった。

「あ……」

　レノンがいって、口ごもった。わたしはカーペットを見つめながら、顔が真っ赤になっていくのを感じている。長い長い間のあと、レノンが明るい声でいった。

「ジェリー、バスルームに行きたいんじゃない？」

　わたしはごくりとつばを飲み、「うん」といってから、よろよろと部屋を出ていった。

　スカートとショーツはバスタブに入れた。あとはママがどうするか知っているだろう。それからバスルームのキャビネットをあけて、ママが買っておいてあるビニールのパッケージに包まれた四角いものをひっぱりだす。腰にタオルを巻きつけて、自分の部屋へこそこそと行き、そこでパッドの裏にあるシールをはがして、きれいなショーツにくっつける。これが思った以上に難しい。はってははがし、はってははがしをしているうちに、痛っ……とんでもない部分にくっついたりする。こういうことをどうして学校で練習させないんだろう？　慣れないとなかなかうまくいかない。

　着替えと手当てをすませたものの、なんだか気がそわそわする。失神したのもこのせい？

　朝からずっとお腹が気持ち悪かったのもこのせい？

ママの部屋の前まで来て、ノックするのをためらった。まだ電話中だ。ドアのすきまから会話がきれぎれにきこえる。

「……いいたいことはわかるけど、それって不公平じゃない？　だって……早くはじめようが、あとからはじめようが、代理店には関係ない。そんなことが許されるようになったら、いずれこっちにもとばっちりがくるわ。ねえ、キャス、そろそろ潮時じゃないかしら……そう、わたしもよ。簡単にはいかないと思うけど、子どもにも安心してつかえるような商品を見つけるべきじゃないかしら？」

ドアノブにかけた手を落とす。これはわたしがじゃまをしてはいけない仕事の話だ。ママの声が疲れている。

「ジェリー？　ホットチョコレートはどうかな？」

レノンが廊下の先に出てきて、からっぽのマグカップをふっている。

わたしは思わず笑顔になった。

「この季節に？」

「だめかい？　女の子が毎月大変な思いをするときは、ホットチョコレートを飲ませてあげるといい。それに本物のチョコレートをそえれば完璧。あるいはアイスクリームでも。ぼくはそう教わった。さあ、どれがいい？　この天気からすると、やっぱりアイスクリームかな」

アイスクリームには特に目がない、というわけじゃないけど、今日はなんだかとても食べたい気がする。レノンといっしょに冷凍庫をさぐって、大きなおけ形の容器に入ったアイスクリームを掘り出した。レノンがスプーンをつけて、容器ごとわたしによこす。

「容器から直接食べるのがいちばんうまいって、ぼくはそう信じている。『どうして女ばっかり、こういう苦労をしなくちゃいけないの』って、文句をいいながら食べるといい。湯たんぽはいらない？」

これには声をあげて笑ってしまった。

「夏だよ」

レノンが首を横にふる。

「やっぱり男はだめだな」

そういって笑顔になり、テーブルの、わたしのとなりの席にすわった。

「こういうとき、ふだんはどうしてるの？」

わたしはかたいアイスクリームをスプーンでけずり取る。

「初めてなの」

「そうだったのか！　かわいそうに。ゴーストでも見たような顔をしていたのもムリはない。ちょっとショックだった？」

レノンの顔を見ずにうなずいた。

「学校で、はじまったんだね？」

「お昼まえに。だれにもいってないの」

「それ、全部ひとりで食べていいよ」

やさしくいって、またわたしを笑わせた。

「そうだ、ずっといおうと思って忘れてた。ハーモニカをいったん返してほしいんだ。来週、一晩限りだけどライブをやる。二曲ほど、ハーモニカを入れようと思って。いいかい？」

「もちろん」

「また終わったら貸してあげる。もしよければ」

「わかった」

そこでレノンがわたしの顔をしげしげと見つめる。

「ジェリー。悪く取らないでほしいんだけど……何かこまったことでもある？　つまり、今日起きたこと以外にってことだけど。何か悩みでも？」

わたしはアイスクリームを食べ、わずかも残さずきれいにスプーンをなめる。

「うーん……ないかな……」

「いや、なければないでいいんだけど……」

そういってレノンはいったん口を閉じる。

「ただ、詩を書いているっていったよね。ぼくは人にいえないことを歌詞にして歌っている。ひょっとしたらきみにも……人にいいたいけれど、いえないことがあるんじゃないかな。人に嫌われないように、ほんとうの自分を出さない……みたいな？」

わたしはアイスクリームの容器をじっとにらんでいる。アハハと笑い、そんなものないよといって、冗談のひとつでも飛ばしたい。いっそのこと、深刻そうな顔をしているレノンのモノマネをしてやってもいい。

でも、どれもやらなかった。立ちあがって自分の部屋に行く。まくらの下からピンクのノートをひっぱりだし、それを持ってもどると、テーブルの上においた。

「よかった。怒らせちゃったかと思ったよ。うわ。これに詩を書いているの？」

わたしはうなずいた。

「ぼくが見ても、ほんとうにいいの？　べつに見せたくなかったら見せなくたっていいんだよ」

わたしは肩をすくめて、腰をおろした。どういうわけか、しゃべることができない。

レノンは、ノートを手に取って、ページをめくりだした。一行ずつていねいに読んでいるのが目の動きでわかる。顔に浮かぶさまざまな表情。レノンはいま、わたしの心のなかを読んでいる。

「すごい」

数ページ読んでからレノンがいった。

「ジェリー、すごいよ、これ」

何をいわれるかわからなかったけれど、これは予想外だった。

「ほんとうにすごい。きみは言葉のセンスに恵まれている。この詩、うそのクモの巣のようにはりめぐらしっていう詩――これはわたし？　これはあなた？　――本物のリズムが感じられる、音楽的なね。よかったら……」

そこでちょっと言葉を切って、息を吸う。

「よかったら……もしかまわないなら……この詩を借りてもいいかな？　歌がきこえてくるんだ。この詩をメロディにのせてみたい」

わたしの口がぽかんとあいた。

「本気？」

「心にがつんと響いてきた。歌詞を書くのって、すごく難しいんだ。ぼくの場合、歌をつくる上でいちばん時間がかかるのがそれなんだ。なのにきみは――まるで呼吸するみたいに自然に書いている感じがする。自分の内側から言葉があふれてくるような。いつからこういうものを書いてるの？」

「えーっと……去年のクリスマスから」

「じゃあ、ここに書かれているものは全部、この半年に書いたもの？」

そこでレノンは信じられないというように首を横にふり、ページをぱらぱらめくっていく。

「驚いたな。こんなにたくさん。毎日書いてたんじゃないか」

「毎日ってわけじゃないけど」

レノンが気に入ったらしい詩をまたひらく。

「歌にするって案、どうかな？」

「ノートを借りていきたいってこと？」

それはちょっとこまる。

「いや、そうじゃない」

レノンがあわてていう。

「写真に撮るよ。ただし、きみがほんとうによければの話だ」

どうしようかと迷うところだったけど、気がついたら肩をすくめて、

「うん――いいんじゃないかな」といっていた。

レノンがスマートフォンを出してそのページの写真を撮った。それからノートを閉じ、テーブルの上をすべらせてわたしに返す。

「承諾してくれてありがとう。ほんとうに光栄だよ」

ママの部屋のドアがふいにあく音がした。わたしはテーブルからノートをひったくって、おしりの下に隠す。

「……なんでも本部のいいなりになってちゃだめなのよ」

ひとりごとのように不機嫌そうにいったところで、ママがわたしに気づいた。

「お帰りなさい、ジェリー。ごめん、ちょっとトラブっちゃって」

そういってわたしにハグをする。新しい香水の香り。フローラル系にきりりとしたかんきつ系の香りが混じっている。

「本部が代理店の数を減らすっていいだして、カバーするエリアが広がったの。クライアントが増えるからわたしにとってはありがたいんだけど、数か月前に代理店になったメイジーが、かわいそうに契約を解除にされちゃって、大泣きしてるの。それはひどいとわたしも思ってね」

そこで一息入れて、「こういうときは緑茶ね」といった。

レノンが立ちあがる。

「ぼくがいれてこよう。ジェリーからきみに話したいことがあるそうだ」

びっくりして、わたしは目をまんまるにする。まさか詩のことをいってるの？　秘密だっていったのに！

「今日学校であったことをね」

レノンがいいたして、わたしに片目をつぶってみせる。

ほっとして息を吐いた。

ママが椅子に腰をおろした。

「何かあったの？　心配なこと？」

と、ここで初めて気づいたというように、アイスクリームの容器に目を落とす。

「アイスクリーム、食べてたの？」

「今日、生理がはじまったの」

ごく自然にその言葉が口をついて出てきた。まるでいつだれにいっても、少しもおかしいことじゃないというように。

ママが息を飲んだ。

「ええ――っ！　ほんとうに？　もしほんとうだったら――ああ、わたしの小さなジェリーが！」

とびあがるように椅子から立ちあがると、テーブルをぐるっとまわってきてわたしに抱きついた。

〝わたしの小さなジェリー〟という言葉には笑うしかなく、ゲッと吐くまねをした。それでもハグは好きで、わたしもママを抱き返した。新しい香水の香りが鼻にのぼってきて、くしゃみが出そうになる。

「なんだか信じられない」

ママがいって、わたしの髪をなでてから、顔をよく見ようと両手で包む。

「わたしの小さな娘が、大人になっていくのね！」

ママの目に涙が盛りあがってきた。

「それで、大丈夫なの？　学校でいろいろ用意してもらったの？」

「えーっと。そうはいかなくて……トイレットペーパーをつかった」

ママが目に涙をにじませて笑う。

「わたしもまったく同じことをしたわ！」

そこでふいにママの顔が赤くなった。レノンがドア口に立っているのに気づいたのだ。

「あらいやだ――こういう話はききたくないわよね」

「そんなことはない」とレノン。

「レノンがアイスクリームを勧めてくれたの」

わたしはママに教える。

「あなたが？」

ママがレノンの顔をまじまじと見る。

「ほんとうに……やさしいのね、あなたは」

「ホットチョコレートと湯たんぽも勧めたんだけど、それは拒否された」

ママが驚いたように笑う。

「女性の身体をそこまで気遣ってくれる男性に初めて会ったわ」

「ジェリーは失神もしたんだよ。学校から帰ってすぐ」

「えっ？」

ママがすぐさまわたしのほうを向いた。目をのぞきこみ、おでこに手を当てて熱をみる。病気の人に対するのと同じように。

「失神？　レノン、どうしてわたしを呼びに来てくれなかったの？」

「ジェリーから目を離したくなかったんだ」

「ああ、そうよね、もちろんそれが賢明……」

まゆをよせて、心配そうにわたしの顔を見る。

「いま、気分はどう？」

「よくなった。でもはいてたもの、おふろにおきっぱなし」

そこで声をひそめていう。

「どうしていいか、わからなかったから」

「あとで水につけておくわね」

ママがにっこり笑っていう。

「心配しなくていいのよ、ちゃんとやっておくから。必要なものは見つかった？」

「うん。ママのをひとつもらった」

ママがわたしをぎゅっと抱きしめる。痛いほどに力をこめ、それからわたしの頭のてっぺんにキスをする。

「娘がもう一人前。わたしも年を取るはずだわ！」

そういってバスルームへ向かった。

変化

人生はまっすぐな一本の線
さまざまなできごとや出会いによって
ぶつぶつ断ち切られたり
きれいにスライスされたりする

あれは昨日のこと
いまは状況（じょうきょう）が変わっていて
同じ場所にはもどれない
今日からは新しい線
これもハサミでチョキチョキ切られ
そのあとは、また新しい今日がやってきて
昨日は封印（ふういん）される

23

学期半ばの中間休みに訪れたホリデーパークはほんとうに楽しかった。簡単にいえばキャンプ場なんだけど、ちゃんとした宿泊施設もあって、サーフィンからはじまって、ガラス彩色やアーチェリーなど、いろんなアクティビティが計画されていた。なかでもいちばんうれしいのは、なんでもそろったビュッフェスタイルの夕食で、毎晩いろんなものを自由に食べられること。ピザ、カレー、キャセロール、ロースト、チキンナゲット、パスタなどなど……。わたしは毎日泳いで、走って、ダンスをし、毎晩大皿に好物の料理を山のように盛って食べる。ママは燻製のサバ、キノア、ルッコラを食べてグラスワインを飲む。ふたりとも心から休暇を楽しんだ。レノンがいないのがさみしかったけれど、二度ほどビデオ通話で彼を呼びだし、レノンはママに、前からつくっていた新しい歌を贈ってくれた。

わたしの詩を歌にするといっていた、あれはどうなったのかなと思う。でもママには何もいえない。詩ってどういうことって、まずそこをきかれるだろうから。まだママには知られたくない。レノンに見せるのとママに見せるのとでは事情がちがう。レノンに見せるのはなぜだかあまり恐くはなかった。

ホリデーパークが好きなのには、もうひとつ理由がある。さまざまな体形や体格の人がいて、みんなたいていビッグサイズなのだ。ここにいる人たちと比べれば、わたしはどうしようもなく太っているようには見えない。それどころか、自分はやせていると感じられなくもない。全員がそろって肥満体形という家族も来ている。それでもみんなご機嫌なひとときを過ごしていて、だれも身体の大きさなんか気にしない。

ケリスという名前の女の子と親しくなった。カーリーヘアでまんまる顔の、いつも笑っている子で、わたしとまったく同じ体形だった。なぜわかるかというと、ある晩、ディスコに行くのにその子と服を交換することにして、着てみたらぴったり身体に合ったからだ。ふたりとも何時間もぶっ続けで踊り、どっちもママにレモネードとポップコーンをねだって、好きなお菓子を好きなだけ買ってもらい、こんなに楽しいのは何年ぶりだろうと思った。

五日間丸々楽しんで、そのあいだは、ピンクのノートに詩を書くこともなかった。

中間休みの最後の土曜日、ママをディナーに連れていくといってレノンが午後にうちにやってきた。ギターを持っていて、わたしを見ると片目をつぶった。ワクワクすると同時にパニックになりそうだった。曲ができたのはわかったけど、ここにはママもいる。どうしたらいい？

それはレノンがちゃんと考えていた。

「新しい曲がもうひとつできた。ふたりにきいてもらいたい」

そういってギターケースのファスナーをあける。

「もうひとつ？」とママ。「そうとうがんばったわね！」

「これは特別なんだ。きいて、感想をきかせてほしい」

わたしの手に汗がにじんできた。レノンがギターの糸巻きを動かしてチューニングをし、それから一呼吸おいて、フレットを指でおさえた。素朴な美しいメロディがつまびかれる。


これがわたし？　これがあなた？　これでいいの？

まるでクモの巣のように
うそをびっしりはりめぐらせる
どうか瞳を見られませんように
心の奥をのぞかれませんように
ジョークを飛ばして人を笑わせ
落ちこんでるなんて思わせない

いやなことは全部心の奥に閉じこめて
悲しいことなんてないふりをする

だって、わたしは明るいピエロ
顔で笑って心で泣いて
わたしが笑えば、みんなが笑う

笑いの仮面をはずしても
あなたはそばにいてくれる？
友だちでいてくれる？
嫌いにならない？

毎日楽しいことばかり
悩みなんてひとつもない
何をいわれたって傷つかない
そう自分にいいきかせる

だって、わたしは明るいピエロ
顔で笑って心で泣いて
わたしが笑えば、みんなが笑う

気がついたら、夢中になってきいていた。わたしが書いた詩そのままではなく、ところどころ言葉を足して長くし歌らしくなるように手直しをしてある。ちょうどなかほどに、メロディだけをハミングする部分があって、そのあとでまたサビの歌詞が歌われる。言葉の裏にある思いを的確に伝えるメロディ。全体的に、ゆううつで悲しい雰囲気なのに、ところどころに、やけに明るく陽気な音調が混じる。まるで歌自体が自分をだまして強がっているような……。

曲が終わりに近づいて最後の音が消えていく。わたしはしゃべることができない。レノンが顔をあげてわたしと視線を合わせ、どうかな？　というように首をかしげる。笑顔を見せようとしたけど、強くうなずくことしかできなかった。

ママがぐすんと鼻を鳴らした。涙を流していた。

「ああ、はずかしい」

マスカラが落ちないように涙をふきとろうとする。

「すごく悲しい歌。あなたはほんとうに美しい歌詞を書くのね」

「ほんとうは、ぼくが書いたんじゃないんだ。書いたのは……友だちなんだ」

「じゃあ、そのお友だちに、わたしから心をこめてハグを贈るわ」

泣き笑いのような顔になってママがいう。おもしろがっているのでも、悲しんでいるのでもない。

「きっとその彼が必要としているだろうから」

わたしは口をぎゅっと結んだ。わたしだよ、わたし。それを書いたのは。

いってしまいたかった。毎日楽しいことばかりで、悩みなんかひとつもないふりをしているのは、このわたしだった。ほんとうはそうじゃないのに。外見で判断されるのが頭にきているくせに、ひどいことをいわれながら、怒れない自分。そして何よりも、ほんとうの気持ちを知られるのが恐くて、ピエロの役をおりられない自分がいやだった。

でもそれはいえない。ママにだって。

わたしのそういう気持ちをレノンはわかっている。彼を信用してよかった。きっとわたしの秘密を守ってくれる。

「美しい歌だね」

ふつうにしゃべれるようになって、ようやくわたしはそういった。

「なかほどで、ぼくがハミングした部分があっただろう？　あそこはハーモニカが合うと思うんだ。吹けるように練習してみないか？」

自分の曲を自分で演奏できる。それって……すごいかも。

「やる」

わたしはいって、レノンににっこりした。

「よし。そういうことなら、きみにわたすものがある」

レノンは自分のリュックから、小さな箱を取り出した。箱を見ただけで、何が入っているのかわかった。

「お母さんにあらかじめきいてから用意した」

そういってわたしに箱をよこす。

「きみにプレゼントをあげてもいいかって。上等のものじゃないんだ。でも、ちゃんと曲は吹(ふ)ける」

これまでプレゼントはたくさんもらってきた。ママはたいてい化粧品(けしょうひん)や衣類やハンドバッグ、靴(くつ)なんかを買ってくれる。かわいいTシャツや、きれいなスカートや、ラメの入ったスニーカーといったものだ。おばあちゃんとおじいちゃんはたいてい本だけれど、古典ばかりで、わたしが進んで読むようなものじゃない。マギーおばさんは無料の試供品(しきょうひん)セットをよくくれる。

だから楽器をもらったのは初めて。だれもこういうものをくれたことはなかった。

箱をあけて、きらきら光る銀色のハーモニカをじっと見る。レノンが貸(か)してくれたものよりぴかぴかだ。きっとレノンのハーモニカはずいぶん古いんだろう。

「自分のハーモニカがあったほうがいいと思ってね。しょっちゅうぼくのを借りているより」

「ほら、ありがとうは？」

ママがわたしをつっつく。

「ありがとう」

いいながら、小さなペットのように、ハーモニカを手でやさしくなでる。

「すごくうれしい」

レノンがにっこり笑う。

「それはよかった。では歌のまんなかで吹くメロディをお教えしましょうかね」


夜になってママとレノンがわたしをおいてディナーを食べに行ったけれど、べつにかまわなかった。ロージーがやってきてソファにバタンと身を投げ、例によってスマートフォンの画面に親指をすいすい動かしていても気にならない。正直いって、自分の部屋でひとりの時間を過ごせるのがとてもうれしい……自分の身に起きたすばらしいことを、ひとつひとつ思い出してゆっくり味わう。

わたしの言葉が歌になった。それって……すごいことじゃない？

詩のノートを取り出して、新しいページをひらいてみたものの、今日ばかりは、何から書きだしていいかわからない。

それで代わりにハーモニカを手に取った。くちびるを当ててみると、前のハーモニカとは感触がちがった。音もちがう。こっちのハーモニカの音のほうが……音色が美しい気がする。
わたしの歌の中間に入るメロディを練習する。わたしの歌。歌をつくってもらう経験なんて初めてだった。もう一度ききたいと思ったけれど、録音はしていなかった。ああ、悔しい。レノンにたのんでおくべきだった。ママといっしょに帰ってきたら、録音してってたのんでみよう……いや、それはムリだ。そんな遅い時間に、演奏をたのむなんてばかげている。

もう寝るからと、ロージーに断ろうと思って居間に行ってみたところ、ソファの背から頭のてっぺんが飛びだしていた。きっとまた耳にイヤホンをつっこんで、スマートフォンでメッセージを打っているか、自撮りした写真を加工しているんだろう。何をしているにしても、じゃまはしたくないので、だまって自分の部屋に引き返す。

歌のもとになった詩が書いてあるノートのページをひらく。そういえば、レノンは歌にタイトルをつけたのだろうか。頭のなかで歌を再現し、レノンが書き加えた言葉を思い出そうとする。紙に書いてと、たのんでおくべきだった。明日の朝、ママに会ったら、レノンにたのんでもらおう。

ベッドに横になって天井を見つめる。こんなにワクワクしながら眠るなんて、これまでにないことだった。ふだん寝るときは、その日に自分が口にしたことや、学校でだれかにいわれたいやなこと、ほんとうはいけないのに戸棚からキャンディバーをひっぱりだして食べてしまったことなんかが、全部いっしょくたに混じって、どろどろのスープのように胃にもたれている。

だれにもいえないことを胸にかかえたまま、疲れ切って眠りに落ちるのがふつうだった。

でも今夜は、頭と心で歌をききながら眠りについた。

24

Kファクターのオーディションに、いまわたしの全身が燃えている！

第一ラウンドは各教室で行われる。観客はクラスメートだけだけど、自分にたくさん票を入れてもらえるよう、みんなを楽しませないといけない。決勝戦に出場できるのは各クラスのトップ二組だけ。わたしの全身をアドレナリンがかけめぐる。頭がぎんぎんにさえて、これまでにないほどおもしろいモノマネができそうだった。

校長先生が歯医者に行く新作コント。熱を入れて一生懸命やったら、これがウケにウケて、教室内に笑いの嵐が吹き荒れた。ウィル・マツナガは笑いすぎて椅子から転げ落ち、自分のモノマネをされているというのに、レンク先生も笑いがとまらない。

「ストレスだらけの教員なんてやめてやる！」

ドリルをかかげて怒鳴るレンク先生のまねをする。

「そうすれば、教育委員会の視察とも縁が切れる！　──ああ、いやいや、心配はいりませんよ。YouTubeで動画を山ほど見て練習しましたからね。やり方は、まちがいなくわかっています。ほら、じっとして──そんなにビクビクしていたら、貴重な時間がムダになりますよ！」

演技が終わったとたん、教室内に大きな歓声がとどろいた。自分の席にもどっていく途中、みんなに背中をぴしゃぴしゃたたかれる。カイマはまだ笑いがとまらない。

「ジェリー、もう決まりだね！」

クラス全員がオーディションに参加するというわけではなかった。なかには人前で演じるのが嫌いな子もいるし、準備がまにあわなかった子たちもいる。マーシャルは手品をやったけれど、スカーフをそで口にもうちょっとうまく隠していたらもっとよかった。アヴァロンのバイオリン演奏は耳をふさぎたくなるほどひどかった。女子ふたりが体操演技をしたけれど、教室のなかでは難しい。ウィルは、ひとりでさまざまな打楽器の音を再現する、ヒューマンビートボックスをやって、これが驚くほどうまかった。カイマとサンヴィは歌を歌ったけれど、かわいそうに、サンヴィが二番の歌詞を半分ほど忘れてしまった。大丈夫だよ（ほんとうは大丈夫じゃない）とはげますつもりで、終わった瞬間、思いっきり拍手をしてあげた。

「こんな失敗するなんて、信じられない！」

サンヴィがとことん落ちこんで自分の席にもどってきた。

「忘れたわけじゃないのに！　緊張しすぎちゃって。カイマ、ほんとうにごめんね」

「サンヴィは悪くないって」

カイマはそういったけれど、顔を見ればがっかりしているのがわかる。

「そんなに気にならなかったよ」

わたしはカイマにいう。

「きっとみんなほとんど気づいてないって」

最後に、自分がもっともよかったと思う演技者二組の名前を書く。投票は匿名なので、自分に投票してもかまわないとレンク先生はいう。だれの投票か、判断しようがないからだ。それでもちろんわたしは自分に投票し、もう一組は友情からカイマとサンヴィに決めた。

「よし、みんな書けたな」

レンク先生がいって、クラス全員の投票用紙を集める。

「明日の朝、投票数がいちばん多かった二組の名前を発表する」

これにはクラスじゅうから大きなブーイングが起きた。

「そういう決まりなんだ！」と先生。「全クラスが同時に発表する」

「もうダメだ――――！」

マーシャルが、芝居がかったようすで床にバタンと倒れる。

「期待しすぎて、死にそう」

「マーシャル、きみは自分のしていることがわかっているのかね？」

レンク先生が冷たくいいはなつ。

「すわりなさい。これから算数のワークシートを配る」

「やっぱ死ぬ！」

マーシャルがさけぶ。

「わたしも！」

こちらもうんざりした声をもらして机につっぷした。これがさざ波のように教室中に広がっていき、みんながみんな、死ぬまねをする。レンク先生が静かにさせようとするものの、なかなか収まらない。マーシャルが椅子にすわり、わたしとハイタッチをした。

一日の授業が終わり、みんながフックからかばんを取り上げるとき、カイマが秘密めいた口調でわたしにいった。

「決勝戦、ジェリーは行けるよ。百パーセント確実」

「えっ？」

わたしは周囲にさっと目を走らせる。

「どうしてわかるの？」

「だって、だれに投票したって、みんなにきいてまわったから」

そういってニヤッとする。

「ジェリーがダントツの一位」

もちろん、実際には明日にならないとわからない。それでも帰り道は足取りも軽く自信満々だった。

公園でハーモニカを吹いている男の人がまたいて、こんにちはと、大声であいさつまでした。今日も悲しそうな曲を吹いているので「何かもっと明るい歌を吹いて！」といってやる。相手は驚いたようだが、それからXファクターで優勝した四人のガールズグループ、リトル・ミックスの曲を突然吹きだした。ああいう曲をハーモニカで演奏すると、ほんとうにおかしな感じがした。

「お帰りなさい、ジェリー！」

玄関のドアをあけるなり、ママがいう。ポピーの柄がついた、細身のふわっとしたサマードレス。満面に笑みを浮かべたママはほんとうにきれいだった。

「ただいま！」

わたしはいって笑みを返す。

ママがダイニングの椅子から立ちあがった。手に何か持っている。

「ショッピングに行きたくない？」

ママがいって、束にしたお札を見せる。

わたしは思わず笑顔になった。

「これから？　行く！」

急いで着替えをすませ、ふたりで町へ歩いていく。

「大口の注文が入ったのよ」

ママが説明する。わたしは『コーヒー天国』の前を通りかかったとき、フリスに手をふろうと店内をのぞきこんだけど、姿は見えなかった。

「その女性は結婚を間近にひかえていて、独身最後のパーティに集まる友人たち全員に、化粧品のつめ合わせを配るらしいの。それがもう、ほんとうに気前がよくてね。あらゆるものを十二個ずつ注文してきたの。ファンデーション、アイシャドー、リップ、保湿剤……などなど。結婚となると、みんなまったくお金に糸目をつけないんだから、ふしぎよね」

ちょっと悲しそうにいったので、わたしはちらっとママの顔を見た。

「ママは結婚したい？」

あいまいな笑みを浮かべた。

「さあ、どうかしら。でも、結婚式って……なんとなくワクワクする感じがあるじゃない？白いドレスを着たりするのって、悪くないって思うのよね。おとぎ話の世界みたい」

いったそばから、口もとに浮かんでいた笑みを消し、肩をすくめた。

「でもおとぎ話は現実とはちがうわね」

わたしはちょっと間をおいてからきく。

「レノンにプロポーズされたら、結婚する？」

ふいにママはわたしにするどいまなざしを向けた。何かこちらがとても非常識なことをいったかのように。

「レノン？　なんだってそんなことをいいだすの？」

ママの声が少しふるえている。

「ただ、思ってみただけ。だってレノンはとってもいい人だし」

「そう、彼はいい人、でも……結婚っていうのはおおごとなのよ、ジェリー」

「わかってる。ただ思っただけだから」

「なら、思うのはやめなさい」

ママがずいぶんと厳しい声でいう。

「思ったところで、どうしようもないから。物事はなるようにしかならない。こっちがどう思おうとね」

わたしはもう何もいわなかった。

「さあ、新しい服を買いに行こう」

商店街に着くとママがいい、わたしたちはまっすぐＨ＆Ｍに入っていった。新しい服を買うのってワクワクする。これだけたくさんの色と布地が一か所に集まっているのは壮観で、頭がぼうっとしてくる。どれもかわいくて、自分には似合わないとわかっているのに、レールから服を次々とはずしていく。やっぱり試着せずにはいられない！

「最大六着までです」

試着室の入り口に立っている女の人がいった。わたしを見てにっこり笑う。

「十五着以上、お持ちになっているようですが」

「すみません」

わたしは六着を選んで、残りは取っておいてもらう。

「わたし、このお店、大好きなんです」

「そういっていただけると、うれしいわ」

相手はいい、ママの腕からも六着数えて、残りを預かる。

試着室に入り、まずはステキな黒いパンツをはいてみることにする。ところがどうしたことか、あがらない。もものところでとまって、ウエストまでいかない。ため息をついて、また脱ごうとしたら、カーテンがさっとひらいてママが入ってきた。

「見て見て！」

興奮していう。ママが着ているのは美しい白のチュニックで、小さな穴がいくつもあいている。まるで紙の穴開けパンチをつかってあけたみたいだった。それがママにとてもよく似合っている。

「あら、そのパンツいいじゃない――ちゃんとあげてみせて」

「だめなの」

わたしはいって、苦労しながらひざまでおろす。

「サイズちがい」

「サイズちがい？」

ママがまゆをひそめる。

「くるっとまわってみて」

こちらがとめる暇もなく、うしろについているラベルを見ようと、ママがわたしの身体をぐるっとまわした。

「いつものサイズよ。何がいけないの？」

「身体に合わない」

いいながらパニックになってくるのがわかる。

「デザインも好きじゃないし」

「見せて」

もうどうしようもない。顔がかっと熱くなるのを感じながら、またパンツをひきあげてみる。思いっきりお腹をへこませてもボタンがとまらない。

「あら」

ママがそっという。

「やだ、ちょっと……ジェリー」

お腹を見てるのがわかって、もうがまんできなくなった。パンツを乱暴におろした拍子に、プラスティックのラベルがももをひっかいたけど、痛みも感じない。目に涙がチクチク盛りあがってくる。

「だから、合わないっていったでしょ！」

わたしを抱きしめようとしてママが手をのばす。それをよけようと身を引いたとたん、バランスをくずして壁にぶつかった。

「わたしはショッピングなんて大嫌いだって、知ってるくせに」

かみつくようにいった。まったくのうそ。胃のなかにわだかまる黒い怒りが、心にもない言葉を口から吐きださせる。

「なんだって、こんなところに連れてきたのよ？」

ママは深く息を吸った。しゃべるのかと思ったら、くるりと背を向けてカーテンを閉めた。カーテンの布地の茶色とクリーム色のストライプが涙でぼやける。ひざから力がぬけ、側面の壁に手をついて身体をささえる。そうでもしないと、倒れてしまいそうだった。

それから鏡に映った自分の全身に目を向ける。なんだって試着室の照明は残酷なほど明るいの？　苦々しい思いで、おしり、お腹、ふとももを見つめる。どこもかしこも丸くてぷよぷよしている。トップも着てみたけれど、胸のあたりがぱつんぱつんになって苦しい。わたしと同じ年ごろの女の子にぴったり合うサイズの服。サイズがまちがっているのは服じゃなく、わたしのほうだ。

まだ小さなころから、ずっとそうだった。赤ん坊のころの写真を見ても、ずんぐりむっくりで、素足はまるで四角いブロック。ふつうは歩きだすようになれば、赤ん坊も背がのびて、すらりとしてくるものだった。でもわたしはちがった。

「もりもり食べて、いい子ねえ」

みんなが甘い声でいってきたのを覚えている。おばあちゃんとおじいちゃんもそういっていた。でもそのうちおじいちゃんは、「食べることに執着がすぎる肥満児だ」というようになった。

不公平だ。ヴェリティ・ヒューズは山のように食べるけど、棒人間のようにいつでも細い。べつにわたしは運動嫌いというわけじゃない。足は速いし、サッカーも、水泳も得意。なのにどうして店にある服は、どれも窮屈で入らないの？　身体が入るからと、ただそれだけの理由で、どうして自分より年上の女の子が着る服をさがさないといけないの？　どうして服の布地はもっとのびないの？

鏡に映った自分の姿を見て涙をぼろぼろこぼしながら、でも……と思う。でも、それ以上にみじめなのは、いつもひょうきん者を演じている自分だ。そんなことをしないですんだら、どんなにいいだろう。みんなが笑ってくれれば、わたしがどれだけ太っているか気づかれずにすむ、ただそれだけのためにおどけてみせる。

わたしはデブ。まぎれもない肥満体。でも自分もいっしょになって笑えば、みんなに笑われるという事態はさけられる。自分を笑われるのは耐えられない。デブだからみっともないと、みんなにそっぽを向かれるのはもっといや。でもほんとうはみんなそう思ってるのもわかっている。だからわたしはピエロがやめられない。

だってわたしは、おもしろくなかったら、だれにも好かれない人間だから。

25

「外から手をふったんだよ」

翌朝校庭でカイマにいわれた。

「昨日の午後、H&Mの前で。でもジェリーは気づかなかった。何か買った？」

昨日の場面が頭のなかに次々とよみがえってくる。黒いパンツがウエストまであがらず、はずかしさのあまり店から逃げだした（ほかの服はレールにかけたままで）。試着室の女の人が口をぽかんとあけていた。話をしようとママが急いで追いかけてきた。今度ばかりは笑い飛ばせず、選択肢その二もつかえなかった。

恐ろしかった。身ぐるみはがれて、むきだしになって、全身がひりひりする気がした。わたしが話をしようとしないので、ママはどうしていいかわからない。

　家に着くと自分の部屋に飛びこんで、ドアを閉めてひきこもり、声を立てずに泣いた。三十分ほどすると、ようやく部屋から出た。ママがわたしを元気づけようと、お茶をいれて、チョコレートバーをよこしてくれた。

　それが昨日のこと。今日はまた以前の自分、ひょうきん者のジェリーにもどっている。

　カイマに答えるまでに、三十秒ほど間があいた。

「買ってない。気に入ったのがなかったんだ。気づかなくてごめん。コントの新作を考えてたんだと思う。ジョーンズ先生が女王陛下にフラフープを教えてるんだけど、コーギー犬が足もとにまとわりついて離れない」

　サンヴィがくすくす笑った。

「それ、おもしろいかも」

「女王陛下の必要があるかな?」とカイマ。「それってみんなやるじゃん。それより……ポップスターなんかどう?　レディ・ガガとか?」

「どうかな」わたしはいう。「ガガは犬を飼ってたっけ?　犬が出ないとおもしろくないからねえ」

　教室に入ってもまだその話が続いていたけど、レンク先生が入ってくるなり、たちまちみんなしーんとなった。これから勝者二組が発表されるとわかっているからだ。先生はまずゆっくりと出席を取り、なかなか発表に移らない。わたしはもうじれったくてたまらず、椅子の上でおしりを動かしている。

先生にぎろりとにらまれた。

「自分のしていることがわかっているのかね、アンジェリカ・ウォーターズ。少しはじっとしていなさい」

「アリがパンツのなかに入っちゃって」

そういってみんなを笑わせる。

「勝者の発表はまだですか？」

「そんなにせっつくなら、ランチのあとまで待ってもらおうか」

先生が意地悪くいい、たちまちみんながわたしに文句をいいだした。

「だまれ、ジェリー！」

わたしはおとなしくして、強い期待をこめて、先生の顔をじーっとにらんでいる。

「よし、じゃあKファクターだ」

出席簿を閉じて先生がいう。

「もうすぐそこだ、間近に迫っている」

わたしの心臓が激しく鼓動し、ごくりとつばを飲んだ。やっぱりだめだった？ 予想以上に体操演技のほうが受けたとか？

「勝者は二組」

先生が続ける。

「その名前がこれに書かれている」

そういって紙切れをかかげてみせる。わたしはまたもじもじしだす。

「決勝戦の出場者、一組めは……ウィル・マツナガ。ヒューマン・ビートボックスの演技だ」

教室中から拍手と歓声が巻き起こった。ウィルは照れくさそうな顔をしながらも、誇らしさに胸がいっぱいのようす。

「そして二組めは……」

そこで先生はちょっと間をおいて、気取った笑いを浮かべる。

「さっきからうるさくしている生徒だ。決勝戦に行けるということを、これまで以上に教室で大騒ぎができることと混同してもらってはこまるんだが……」

やったああ！　わたしだ！　自分の名前が呼ばれるのもきこうとしなかった。すでにわたしは、心のなかでしりふりダンスを踊っている。クラスのみんなが歓声をあげていて、わたしは笑いがとまらない。

その日はもう帰るまでずっと、いろんな子が近づいてきてわたしの背中をたたいた。

「あたしも投票したんだよ。ひょうきん者のジェリーに！」

ひょうきん者のジェリー。ずばりそのもの。

にやけた顔で家に帰ってくると、レノンがママといっしょにソファにすわっていた。わたしが帰ってきたのに気づいてぱっと離(はな)れたようだけど、こっちはそんなことにかまいもせず、早くも大声でさけんでいた。

「ねえねえ！　Kファクターの決勝戦にだれが進むと思う？」

わたしはかばんを床(ゆか)に落とすと、大げさに腰(こし)をまわしてセクシーなしりふりダンスを踊(おど)る。

「オー・イエー、オー・イエー……」

ママがとびあがった。

「やったのね！　すごいわ、ジェリー！」

レノンもやってきてわたしをハグする。

「おめでとう。みんなきみのモノマネを気に入ったんだ？」

「もう大ウケ！　ウィル・マツナガなんか、笑いすぎて椅子(いす)から転げ落ちたの」

レノンが顔を輝(かがや)かせる。

「すごいなあ」

そういって、ふいにわたしの知らない歌を歌いだした。

「みんなを笑わせて……♪　ゲラゲラゲーラ……」

歌いながら両手をひらいて手のひらをひらひら動かし、喜びを表現(ひょうげん)する。わたしもママも、そんな歌は知らないのに、いっしょになって「ゲラゲラゲーラ♪」と歌って、両手をひらひらさせ、タップダンスのまねをし、この一瞬……なんだか家族みたいだった。

そう思った瞬間、きゅんと胸が痛んだ。こんなことは初めてだった。

家族といえば、いつだってわたしとママだけで、ほかにだれもいらないと思っていた。それなのに、いまは……。

ピザはいくつにも切り分けられる
六つでも
八つでも
十にでも
（それだけの大きさがあれば）
いくら切り分けてもピザ一枚の大きさは変わらない

わたしの心も切り分けられる
友だちの分を何切れか
ママには大きな一切れ
マギーおばさんにも一切れ

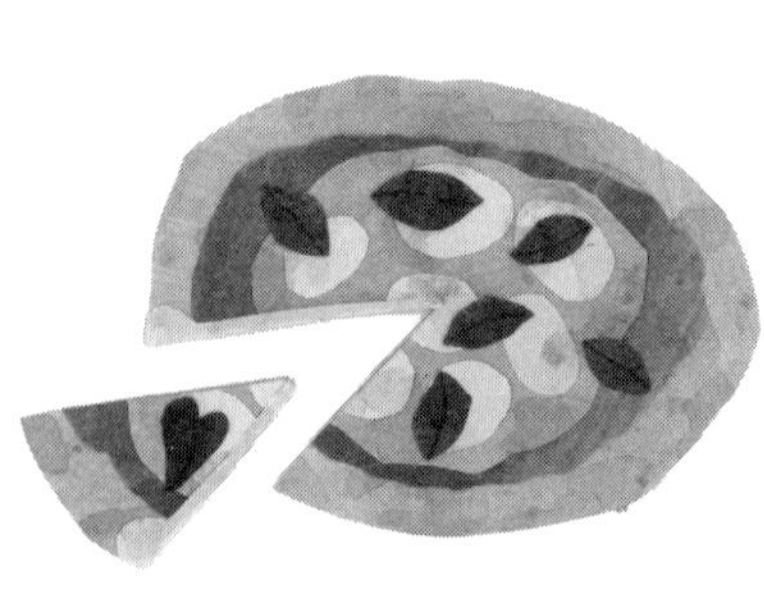

おばあちゃんにも一切れ
（おじいちゃんにはない）
それでもう全部切り分けたと思っていた
ところがそこへ、レノンがやってきた
ふしぎなことに、まだ心は残っていた
それも少しじゃなくて、ちゃんと一人前
ということは、
わたしの心が大きくなったにちがいない

「ジェリー」

レノンが部屋のドアをノックした。

「もう帰るんだけど、その前にちょっと話ができないかな？」

一瞬、ふしぎなつむじ風のように、希望が胸に吹きこんできた。ひょっとして、ママと結婚していいかって、そういう話をしに来たのかも。

はっとして、詩のノートを半分まくらの下につっこんだ。

「うん……いいよ」

レノンが入ってきてドアを閉めた。どうも、ようすが変だ。室内にさっと目を走らせると、ひざを折って床の上に正座する。

「タレントショーで、決勝戦まで行けるのはほんとうにすごいと思ってね」

「ありがとう」

「それで……」

レノンが一瞬口ごもる。どういえばいいのか、言葉をさがしているようだ。

「えーっと、ほら、一度決勝戦出場が決まったら、演目を変えることはできるのかな？」

わたしはレノンの顔をまじまじと見た。

「どういうこと？」

ママと結婚する話じゃないとわかって、胸がちょっと痛んだ。

「つまり」

レノンがゆっくりと説明する。

「考えたんだけど、タレントショーっていうのは、きみが書いた詩のひとつを発表するのに、うってつけの機会じゃないかって。あるいは……歌でもいい」

わたしは目を大きく見ひらいた。

「はあ？」

レノンがあわてて先を続ける。早くいわないと、わたしに大声できっぱり拒絶されると思ったのだろう。

「最後まで話をきいてほしい。いつも明るく陽気なきみだけど、その裏に本物の自分を隠しているのをぼくは知っている。わかるんだ。なぜそんなことをしなきゃいけないのか、その理由も。生き残るための戦略みたいなものなんだろう。

だけど……問題は、それがほんとうのきみじゃないという点なんだ。しょっちゅう冗談を飛ばしているのはきみじゃない。ジェリー、きみはそれだけの人間じゃない。頭が切れて、センスがよくて、感受性が豊かだ。言葉に対する感覚がきわめてするどい。そういう才能を持って生まれてきたんだ。

自分では気づいていないかもしれないけど、きみみたいな詩が書ける人間はめったにいない。その年ごろで、自意識をしっかり持って、物事の上っ面にだまされず、奥の奥まで見透かす。人生や世界を、そんなふうに見られるっていうのは……ほんとうにすごいことなんだって、わかってるかい？

きみのような人間はめったにいない。だったらそれを世界に知らしめるべきだ。ほんとうのきみを。ジェリーのべつの面をさらけだすんだ」

わたしはようやく声が出せるようになった。

「ムリ」

「気持ちはわかる。ぼくも歌を書いて、それを人前で歌うとき、自分の内面をそっくりさらしている気がするときがある。悪いことを考えたり、ばかな失敗をしたり、そんな面も全部ふくめて、さあ見てごらん、これがぼくだと歌っている。そうすると自分の望みや願いまでわかってしまって、それはやっぱり恐ろしい」

　そこまでいって、ちょっと口を閉ざす。

「まあ、ぼくのことはどうでもいいや。もしきみがタレントショーで自分の歌を歌うなら、ぼくもいっしょに出て、きみのためにギターをひこう。そのほうが心強いっていうんなら、いっしょに歌ったっていい。それに、ハーモニカをみんなにきかせることだってできる！　ずいぶんうまくなったけど、まだだれにもきかせてないよね？」

　わたしは首を横にふった。しゃべることができない。

「とにかく、考えてみてくれないか？　決勝戦はいつ？」

「来週」

　いいながら、自分の声がどこか遠くできこえている。

「金曜日の夜」

　レノンがうなずいた。それからまた沈黙。しばらくすると立ちあがった。

「もちろん、絶対そうしなきゃいけないってわけじゃないよ。これまでどおり、得意のモノマネをやったっていい。そんなにうまいんだから優勝だって夢じゃない。だけど……それはやっぱり、他人のふりをしているわけで、本物の自分を見せることだってできることを忘れないでほしい。ぼくはたまたまだけど、本物のきみに会えて、それがもう驚くほどすばらしい人だとわかった。本物の自分を見せたとき、まわりがどう反応するか、きっと驚くと思う。まあ、とにかく考えてみてほしい。いいね？」

レノンが部屋から出ていった。わたしは動くことができない。ベッドの上に腰をおろしてカーペットを見つめながら、頭のなかでレノンの口にした言葉を何度も再生している。

頭が切れて、センスがよくて、感受性が豊か……言葉に対する感覚がきわめてするどい。そういう才能を持って生まれてきた……。

これまでだれも、そんなことはいってくれなかった。

一度も。

でも全校生徒と親たちの前で、自分の歌を歌うなんて……ありえない。

何があろうと、絶対、ムリ。

26

翌日の金曜日。

「大丈夫？」

休み時間にカイマがきいてきた。

「午前中、ずーっと静かだったから。レンク先生に一度もしかられなかったし！」

アンジェリカ・ウォーターズはいったいどうなっているんだと、首をかしげるレンク先生のまねをしようと口をあけたものの、やっぱりやめた。

「わからない。ただちょっと気分が変って感じ？」

「変って、どういうふうに？」とカイマ。

わたしは肩をすくめた。

「なんか……いろいろもやもやして」

「お腹が痛い感じ？」

サンヴィがきく。

「保健室に行かなくていいの？」

そこで声をひそめる。

「ひょっとして、また……生理？」

もちろん生理が来た翌日には、ふたりに話した。カイマはすぐさま「ゲッ！」といい、サンヴィは、「わあ、じゃあもう大人なんだね」といった。それをきいて、最初に来た自分が、なんだか偉い気がした。

わたしは首を横にふった。

「そうじゃないの」

「ひょっとして」

カイマが目を輝かせていう。

「ジェリーはエイリアンに身体をのっとられたとか……」

そのとたん、カイマとサンヴィが演技に入った。

「きゃっ、やだ！」

そういって、ふたりそろって恐怖におびえる表情をつくり、両手で口をおさえる。

やれやれ。このふたりは、わたしが深刻な顔をしているのに慣れていないんだ。それでもレノンがいったことをふたりに話す勇気はなかった。それを話すなら、詩を書いていることもいわないといけなくて、そうなったら読ませてといわれる。それは……できない。とにかくふたりは、わたしに笑わせてほしいわけだから、リクエストにこたえよう。

「うわっ、ほんとだ！」

わたしはさけび、両手でお腹をおさえる。

「あっ……あっ……うわわあああ――――！」

床に倒れ、身体を痙攣させてもがきにもがく。のどをゴボゴボいわせながら、エイリアンがお腹を突き破って外に出てくる場面を演じる。カイマとサンヴィがくすくす笑い、しばらくすると小さな人だかりができて、見物しだした。わたしは雄々しく死に向かい、いまわの言葉を口からしぼりだす。

「ママに伝えて……お金なら……あっ、あっ、あああ……」

見物人が徐々に去っていく。

「あの子、いつやめたらいいか、わからなくなってるんじゃない？」

だれかがそういうのがきこえた。結局あんまりおもしろくなかったんだ。風船に穴があいたみたいに、人から見られている興奮が一気にしぼんでいった。

変な気持ちがまたぶりかえしてきた。わたしの内側から何か大事なものが外に出ようとしているのに、出口が見つからない。

ジェリーはもうおもしろくないと、みんなにそう思われたらどうする。そうなったら、わたしはどうすればいいんだろう？

いつやめたらいい？
いつスポットライトは消えるの？
幕がおりるのはいつ？
みんなの笑い声が消えるのはいつ？

もうやめていい？

でも演技をやめたら、
暗闇のなかで何が起きるんだろう？

週末、ママはようすがおかしかった。何にも集中できないようで、何か手に取っては、すぐまたそれをおく。物の場所を変えようといったん移動してから、やっぱり思い直してもとにもどす。ポテトチップスの袋まであけて（前代未聞！）パリパリと四枚食べてから、「わたし、いったい何してるのかしら？　ほら、ジェリー、あなたも少し休憩しなさい……」といって袋をこちらへよこそうとするものの、指を放した瞬間、わたしのお腹に目が行って、はっと驚くようすを見せる。

パンツが入らないほど太ってしまった、先日の件を思い出したのか、一瞬袋を取りもどそうと指をのばしかける。取りもどすべきかどうか、迷っているように。

ほんの一瞬のことだったけど、この瞬間はわたしの記憶に永遠に焼きついた。とりわけ、ママが軽く肩をすくめて、わたしに背を向けた瞬間は。

わたしはポテトチップスを食べた。食べるべきじゃないとわかっていながら。

日曜日の朝、電話が鳴った。おばあちゃんとおじいちゃんが、また水曜日に夕食を食べにおしかけてくるらしい。「近くまで行くから」といって。しゃべりながら、ママの顔がひきつっている。どうっていうことのない感じで明るい声を出しているものの、目つきがけわしい。

電話を切ると、緑茶をいれに行く。今日はもう三杯目だ。また電話が鳴る。

「出てくれる?」

ママにいわれて、受話器を取った。

「もしもし?」

「ジェリー!」

マギーおばさんの声。妙にハイになっていて、声が大きい。顔をしかめて受話器を耳から遠ざける。

「最近、どうしてるの? もう何年も会ってないわよね。今度いつ、うちに遊びに来るのかしら?」

「えっと……」

いいかけたものの、答えはいらないようだった。時速百六十キロで突っ走る列車のように、マギーおばさんの話はとまらない。

「このあいだ、あなたのママにいってたのよ。ジェリーはもうずいぶん大きくなったんじゃないって？　もう十歳よね？」
「十一歳です」
「十一歳！　まさか！　わたし、あなたの誕生日を忘れてたってこと？　そんなことないわよね、でしょ？　ほら、あなたも知ってのとおり、おばさん、物忘れがひどいじゃない？　えっもう治ったと思ってた？　それで新しい手帳を買って、それになんでも書いておくことにしたの。誕生日や休みの日や、そのほかなんでも、重要なことを忘れないようにね。だからこれからはなんでもいってちょうだい！　学校はどう？　ジェリーは友だちがいっぱいいるのよね。最近楽しいことは？　今度うちに来たら、何を料理しようかしら？」

　息が切れたようで、話がいったんとまった。

　わたしのほうも息切れしてきた気分だった。ふだんならマギーおばさんは電話でこんなふうに話はしない。まるでだれかがリモコンで、おばさんの「早送り」のスイッチをおしたみたいに、がーっと一気にまくしたてている。

「えっと」

　どの質問から答えていいのかわからない。けれど今度も答えは不要だった。おばさんが答える時間を与えてくれない。生け垣にとまってぺちゃくちゃやってるスズメみたいに、えんえんとしゃべっている。声が大きくなったり、小さくなったり。

　ほっとしたことに、ママがキッチンからお茶を持ってもどってきた。わたしは受話器をママにわたす。

なんとも妙な気分だった。何かやりたいのに、それが何かわからない。神経がぴりぴりして、皮膚の内側がむずむずする。頭の奥のほうにある見えないドアがコツコツたたかれて、小さな声がそっという。

「Kファクターはどうするの……？」

うるさい。考えたくない。

歌を歌えばいい……。

いやだ！　いやだ！　いやだ！

その日レノンがやってきたときには、ようやく冷静な人と話ができると、心からほっとした。

ママはずっと前からいらいらしていて、そこへきてマギーおばさんから電話があったものだから、いらいらは倍増。わたしたち親子はびんのなかに閉じこめられたバッタみたいだった。

玄関に入ってくると、わたしは迷わず抱きつき、レノンは一瞬びっくりした顔をしたけど、喜んでくれた。

「いっしょに曲を演奏できる？」

わたしはきいた。

「ずっと練習してたの」

「もちろん」

レノンはいって、ギターケースを肩からおろした。

「まずは、きみのママにあいさつをさせてほしい」

「気をつけて」

わたしは警告する。

「今日はいらいらモードだから」

「わかった」

レノンがうなずいた。

わたしはリビングルームに入り、キッチンでふたりが静かに話しているあいだ、ずっともじもじしていた。レノンの声はやさしい。ママの声は……まだ妙な感じ。ようやく出てきたときには、レノンがママの手をひっぱっていた。わたしには、まゆを上げてみせるだけで、何もいわない。

最初の日にレノンが歌ってくれた、長く曲がった道が出てくる歌をいっしょに演奏する。それから「わたしの歌」を演奏した。わたしはハーモニカを吹くだけじゃなく、歌も歌った。レノンは声のボリュームを落として、そっと歌うだけ。ちょっと緊張しているわたしに、大丈夫だよというように笑顔を見せる。結局この場にいるのはレノンとママだけ。それで、わたしはもっと堂々と歌った。

歌い終わってレノンから「すばらしかったよ」といわれたときには、自分の内側でいらいらうずうずしていた感じはすっきり消えていて、温かいハチミツのなかにずっとひたされていたような気分だった。

ママは静かに緑茶を飲んでいて、何もいわない。

「ママ、どうだった？」

わたしはママにきいた。

「ああ」

つくり笑顔でいう。

「いいじゃない。じょうずよ、ジェリー」

まったく気のないいい方。どうしてレノンみたいに、「すばらしかった」といってくれないの？

「ジェリー」

レノンがいう。

「ちょっとたのみをきいてもらえるかな？」

「何？」

レノンはギターの糸巻き（いとま）を調整しながらいう。

「いや……きみのママに曲をつくったんだ。それで――」

「なんですって？」

ママがいった。目の前で何が起きているのか、急に気づいたみたいだった。

レノンがママの顔を見つめる。

「きみに曲を書いた。それをきいてほしい。ただし――」

そこでわたしに顔を向ける。

「ジェリー、そのあいだ、きみは部屋にいてくれるかい？　きみにもあとでぜひきいてもらいたい。ただ最初にきくのはきみのお母さん。それでいいかな？」

「うわあ！　わかった、いいよ、もちろん」

わたしはふいに興奮してきた。レノンはママに歌でプロポーズをするの？　それってすごいロマンチック！　顔がにやけないようにして、急いで自分の部屋に入った。もちろんずっと部屋にいるつもりはない。だれがそんな！　ふたたび部屋を出て、忍び足で廊下を進んでいく。こんな決定的瞬間を逃すわけがない！

「レノン」

ママの声。わたしは姿を見られないように廊下の壁に身をおしつけている。

「あのね、あなたに話さなきゃいけないことが――」

「まずは歌わせてもらえないか？」

レノンがいう。やさしい声だ。

「たのむよ、アーリーン。どうしてもきみにきいてほしいんだ」

少し間があって、それからママが小さくため息をついて、「わかったわ」といった。

レノンがギターをひきだす。歌がはじまった。

ある女の子と恋に落ちて、心を傷つけられた男の子の歌。ものすごく傷ついたので、もう二度と恋はしないと男の子は自分に誓って、心に鍵をかける。もう二度と傷つけられないように。そんな恋が終わった数年後、男の子はべつの女の子と出会う。その子の瞳は、炎と水と空気でできていて、その子の心はやさしくあつかわないといけない。なぜなら女の子も失恋をして、心が傷ついていたから。男の子は、もう二度と恋はしないと誓ったはずだと、自分をたしなめる。けれど、どうしても女の子が好きでたまらない。その子なしの人生は想像もできず……それから、サビの部分が何度も何度もくりかえされる。

見えないのかい？　これがぼく
きみがいるところが、ぼくのいたい場所
きみといっしょにいると、何もかもが新しく見える
本物の愛に過去がいやされる
きみがぼくをより大きく、より強くしてくれる
きみがぼくをよりよくしてくれ、ぼくはきみにますます恋こがれる
きみ
きみしかいない

壁によりかかって立ちぎきしながら、とめどなく涙があふれてくる。

このあいだレノンがいったことが、いま現実に起きている。音楽と詩を通じて、自分の魂と心のなかを他人に見せている。借り物でない自分の言葉で歌うことで、ほんとうの自分と、自分の夢と希望と、不安と恐怖をさらけだしている。歌うことで、そういったものがみんな人にわかってしまう。でもそれをしなければ、自分の言葉や考えや思いを胸のなかに閉じこめて、別人のふりをするしかない。

ききながら、レノンはほんとうに勇気があると思った。こういうことを歌にしてママに直接伝えられるのだから。

レノンができるなら、きっとわたしにもできる。

27

しばらくしてレノンがわたしを呼びに来た。そのころには、もちろんわたしはちゃんと自分の部屋にもどっていた。音を立てないよう、ドアをそうっとあけて閉めておいた。レノンに顔をあげていう。

「どうだった？　うまくいった？」

「ああ」

にっこり笑ったものの、ほんのわずかに、自信がなさそうな感じがする。

「ちょっと驚いたようだ。これまでこういうことをしてくれた人はいなかったって、そういってたよ」

わたしはママが過去につきあった男の人たちをふりかえる。

「そうだね。だれもそんなことはしなかった。それどころか、みんなママにあんまりやさしくなかった」

「わかんないなあ。ぼくはこれまで、こんなに親切でやさしくて、美しい魂の持ち主に会ったことがない」

もちろん、ママは美しい……と口をあけていおうとして、はっと気づいた。レノンは、ママが美しいといったんじゃなく、美しい魂といった。

魂ってなんなのか、実際よくわからない。でもきっと胸のどこかに入っているにちがいない。前に、宗教の授業に出張講師として来た男の人がいて、その人が魂について話してくれた。人が死んだあとも生き続ける、その人のエッセンスみたいなものだといっていた。でも美しいなんてことはいってなかったから、そのときは丸いかたまりを想像していた。ママは美しい魂（たましい）を持っているとレノンはいった。それはきっと、風が吹（ふ）いて舞（ま）いあがるラメの粉みたいに、きらきら光るうずみたいなものかもしれない。

「ジェリー？」

気がつくと、眉間（みけん）にしわをよせてレノンの顔をじいっと見つめていた。

「ごめん、何？」

レノンがにっこり笑う。

「ピザを注文して、何か映画（えいが）を観ようと思ってる。きみもいっしょにどうだい？」

「うん」

部屋を出ようとするレノンに、わたしは声をかける。

「待って。いいたいことがあるの。わたし、Kファクターで自分の歌を歌うことにする。それで……レノンにも来てもらえないかと思って。力を貸（か）してほしいの」

これまで見たこともない笑みがレノンの顔に浮（う）かんだ。うれしくてうれしくてたまらないという感じ。それでも口から出たのは、あっさりした言葉だった。

「いいねえ。それはよかった。もちろんぼくも協力させてもらうよ」

ひらく

花がひらかない芽になんの意味がある？
鍵（かぎ）を閉（し）めきってだれも入れない部屋
一度も読まれない本
こねたけど、パンにならない小麦粉の生地
口にされない言葉
そういうものに、なんの意味があるだろう
みんなと同じで、自分らしさがなかったら？
飛べない翼（つばさ）を持っててなんの意味がある？
やってもみないであきらめていい？
〝いつか〟が〝あした〟になるのはいつ？
いつになったら、わたしは城（しろ）の胸壁（きょうへき）をくずして、
ほんとうの自分をみんなに見せるの？

28

翌朝はいつもとちがう気分で目覚めた。Kファクターで自作の歌を歌う。まだたまらなく恐ろしいけれど、正しいことをするのだと思うと、なんとなく気分が落ち着く。恐ろしいけれどやってみよう。そんな気分だった。今日は月曜日なので、ベリーズ校長先生に演目を変えたいのだと説明しないといけない。

あんまり面倒なことにならないといいんだけど。これまで直前になって、演目を変えた人をわたしは知らない。できれば本番の夜までみんなには秘密にしておきたい。それなら、直前になって気が変わっても大丈夫だから。そう自分にいいきかせる。

でも引き下がるつもりはない。自分の歌を歌う。わたしが単なるひょうきん者のデブではないことをみんなに知ってもらいたい。

やる気満々でベッドから出て、制服に着替える。家のなかは静かで、きっとママはもう少し寝ていたいんだろう。べつにかまわない。自分で朝食を用意するから。

テーブルについてシリアルを食べていると、ママの部屋からかすかな物音がきこえてきた。わたしのうなじの毛がチクチクしだして、凍るように冷たいものが全身を流れていく。うそ、うそでしょ……まさか……。

ママの部屋のドアをそっとおしあける。ママはふとんの下で身を丸めていた。泣いている。

レノンの姿はどこにもないけれど、昨日泊まっていったのはまちがいなかった。

「ママ」

やさしくいって、ベッドのはしに腰をおろす。

「ママ、どうしたの?」

ママがゆっくりとこちらを向いた。顔が涙でぬれていて、目が真っ赤にはれあがっている。

「ああ、ジェリー。ごめんね。泣き声をきかせたくなかったの」

「ママ、何があったの?　レノンはどこ?」

ママが起き上がって鼻をかんだ。それからため息をつき、霧のようにかすかな声でいう。

「行ってしまった」

「行ってしまった?　それどういうこと?」

「言葉どおりよ。わたしたちはもうおしまい。またふたりきりの生活にもどった。それだけの話」

納得できなかった。のどにシリアルがこびりついてしまった感じがする。

「どういうこと？　どうしてよ？」

「あなたにはまだ理解できない」

そういってティッシュをわたしに向かってふる。

「まだ若すぎてね」

「ママ。レノンはわたしたちにとって、最高の人だったじゃない！」

「話はそう簡単じゃないの」

わたしはベッドから腰をあげた。まったく理解不能。

「ママ、レノンはママに曲を書いてくれたんでしょ」

「ジェリー」

ママの声がするどくなった。

「その話はやめて」

「だけど……」

わたしのなかで、混乱が怒りに変わる。レノンはわたしにも曲を書いてくれて、それをみんなの前で歌うことにした。わたしにとっては大きな決断で、それなのに……。

「だけど、わたしはどうなるの？　レノンはわたしの友だちでもあるんだよ！」

「ごめんなさい」

そういうと、こちらに背を向けて、またふとんのなかで身を丸めた。

「あなたのことは関係ないの」

ベッドの上の小山をにらみながら、その瞬間、わたしはママを憎んでいた。腹が立って仕方ない。ママのせいで、すべてが台なしになった。わたしが本心で話ができるたったひとりの人を奪った。

レノンがわたしにとってどういう人なのか、ママはまったくわかっていない。

わたしはママに背を向けて部屋を出ていき、通学かばんをつかむと、ひとこともいわずに家を出た。三十分も早く出たので、公園にすわって砂利の地面をにらんでいる。

しばらくひとりでいると、気分がよくなる人もいる。でもわたしはちがう。悪くなるいっぽうだった。頭のなかでいろんな場面がぐるぐるまわる。コーヒーショップでレノンと会った日。まだその人がだれだか知らなかった。やさしく輝くママの瞳。ハーモニカを貸してくれたレノン。わたしがレノンに自分の詩を見せて……。

レノンはわたしに自信を持たせてくれた。ママにだってよくしてくれたはず。わたしにはわかる！　それなのに、どうして？

公園にいるあいだに時間を忘れ、結局学校に遅刻した。事務室に入って出席を報告しないといけないのだけど、運悪くそこにベリーズ校長先生がいた。

「アンジェリカ」

そういって、わたしにするどい視線をよこす。

「何か問題でもありましたか？　なぜ遅刻を？」

すみません、とあやまるつもりで口をひらいたのに、ぜんぜんちがう言葉が飛びだしてきた。

「あっ、ベリーズ校長先生、今朝学校へ行く途中に信じられないことがあったんです！　小がらなおじいさんが道路を渡っていて」

　そこでわたしは足を引きずり引きずりして、のろのろ歩く老人のまねをする。

「手助けをしようと近づいていったら、おじいさん、完全にぼけちゃってて！　わたしを冷戦時代のスパイだと思いこんで、もう大騒ぎ！（ここから、フランス語かロシア語のアクセントでしゃべるものの、これがなかなか難しい）『このスパイめ！　女の子の姿をしていようと、わしにはわかるんだ――』」

「もうけっこう」

　校長先生がきっぱりいい、わたしはふいに口をつぐんだ。言葉が勝手に口からあふれでてきて、どうしようもなかった。

　事務のラシード先生は両手で口をおさえて笑いをこらえていたけれど、校長先生は少しもおもしろがってはいなかった。

「場をわきまえなさい、アンジェリカ。レンク先生からあなたについて報告をもらっています。集中力に欠け、しょっちゅうふざけてばかりいる。まったく感心できません。それに、〝ぼける〟

という言葉をそういう文脈でつかうのは失礼であって、容認できません」

わたしの顔がかあっと熱くなった。

「すみません、校長先生」

校長先生がドアをあけて、わたしを外に出す。

「あなたにはしばらく目を光らせていますから、素行に気をつけなさい」

わたしのなかで何かがシューシューいっている。まるでレモンスカッシュのびんをあけたときみたいに外へ発散しようとしている。はずかしさ、反抗心、それとも……。なんだろう、言葉が見つからない。光も音もスピードも、ふだんより増幅している。

廊下を大またで歩いていきながら、床に足が着いていない感じがする。

「おっはよ――――っ！」

教室に一歩入るなり、大声でいい、ポーズを決める。

「みんな、さみしかったかい？」

レンク先生がまゆをひそめる。

「アンジェリカ、きみは遅刻だ。すでに授業ははじまっている。たのむから、静かにすわってくれ」

わたしは目をぐるんとまわしてみせ、自分の席へと向かったが、笑ってくれたのは数人で、ほとんどは真面目な顔。呼吸が速くなってきた。笑ってもらえないと気まずい。もっとおもしろくやらないと。

午前中はいろんな人のまねをひたすらしまくった。つづりのテストの時間には、わたしではなくジョーンズ先生が試験を受けているまねをした。図工の時間には主事のハーディングさんが絵の具と絵筆を配るまねをし、事務のラシード先生が緊張しまくって算数の答えが合っているかどうか、ドギマギしているところもやった。だれのモノマネをしているのか、友だちはすぐわかる。カイマがくすくす笑うけれど、サンヴィは心配そうにいう。

「気をつけて、ジェリー。いまに大変なことになるよ」

レンク先生のモノマネがなかなかウケない。思ったような反応が得られないのでわたしはあせってくる。それでますますパワーアップして大げさにやったところ、しまいにだれも先生の話をきかずに、全員の注目がわたしに集まった。

「四十九の平方根は」

先生が黒板に書きながらいう。

「七。つまり……この式の最終的な答えは四というわけだ。みんなわかったかね?」

わたしはぱっと手をあげた。

「なんだい、アンジェリカ?」

「レンク先生」

わたしは先生の声まねをする。

「先生は、自分のしていることがわかっているんですか。答えが四になるはずはありません」

そこで鼻をすする。

「答えは三、わかりきったことです」

胸が痛くなるような沈黙。ふいに教室じゅうがしんと静まりかえった。レンク先生は無表情で、ただもううんざりだという目でわたしを見ている。

それではっきりとわかった。今度ばかりはやりすぎてしまった。

ひとことの言葉もなく、先生は教卓の前にすわり、黄色い紙切れとペンに手をのばした。先生がペンを走らせているあいだ、みんなの視線が自分に集まっているのがわかる。机の下でサンヴィが手をのばして、わたしの手をにぎってくれようとするのを、乱暴にはらいのける。

先生は書き終わって立ちあがり、黄色い紙をわたしに差しだす。

「これを持って校長室へ。さあ」

わたしは椅子をおして立ちあがった。椅子の脚の一本が、床においてあったかばんにひっかかった。必要以上に力をこめてかばんをひっぱったら、椅子が横倒しになった。くすくすとだれかが笑い、その瞬間、椅子はこのままにしておこうと心を決める。先生の顔を見ずに紙切れを受け取ると、まっすぐドアに向かって教室を出た。

廊下に出るなり、身体がふるえだした。全身が小刻みにふるえて足に力が入らず、壁に手をついて身体をささえないといけなかった。紙はひらいたままだけれど、何が書いてあるのか読みもしない。読む必要はなかった。自分がどんな泥沼に落ちたのか、もうわかっていた。

これまで校長室へ送られた子はいない。怒ると手がつけられなくなる病気を持っているハリーをのぞいてだれも。

気分のいいことではなかった。校長先生はわたしの差しだした紙を見るなり、顔を曇らせ、こまった表情を浮かべた。くちびるを一文字に結び、「おかけなさい」という。

先生の向かいの椅子に腰をおろし、机の上においてある金属の置き物をじっと見つめる。銀色のボールがいくつも並んで細い糸でつり下げられていて、片はしのひとつをとなりのボールにぶつけると、ふいに反対はしのボールが反応して、はじかれたように動きだす。そのボールがまたもどってきてとなりのボールにぶつかると、今度は最初のボールが動きだし、それが永遠にくりかえされる。まんなかにあるボールたちはまったく動じずに、ずっと同じ場所にある。

これは何かのたとえのような気がした。

わたしはずっと金属のボールを見ている。

「スポットライトを浴びたいのはわかります」

校長先生がいう。

「しかし、人を楽しませることと、授業を妨害することとのあいだには、明確な線が引かれています。その線をあなたは越えてしまった。今後はもうおやめなさい。先生のモノマネもお笑いコントも。おもしろくありませんし、気が利いているわけでもない。何よりも、失礼です。

礼儀というのは、決しておろそかにしてはならない徳目のひとつです」

みじめな気持ちでうなずいた。

「当然ですが」

そこで先生がひとつため息をつく。

「こうなると、残念ながらKファクターの決勝戦には出場できませんね」

わたしの口が大きくあき、目がまんまるになった。先生の顔をまじまじと見る。

「は？」

校長先生がわたしに両まゆをつりあげてみせる。

「いったとおりです。あなたに参加する資格はありません。今回の件をこちらがどれだけ重く受け止めているか、これでわかりましたね」

喜劇のピエロ

とんでもないおばかさん
やりすぎて
ルールも破って

やめられない
ブレーキかけても
もう遅く
ぽーんと投げ出された

29

わたしの頭のなかはまっ白だった。知らせをきいたカイマとサンヴィは泣きだして、わたしを何度も抱きしめてくれる。でもわたしは泣けない。たぶん……心がまひしているんだろう。まるで魂が身体からぬけ出して、空中から自分を見おろしている感じ。

「そんなのひどいよ！」

カイマが涙をぬぐいながら、激しい口調でいう。

「わたしが行って、校長先生と話をつけてくる。ジェリーを決勝戦に出すべきだって」

もちろん、カイマはそんなことはしない。サンヴィもわたしもわかっていた。するわけがない。そんなことはだれも。校長先生が決断したら、それで終わり。絶対くつがえされることはない。

「ジェリーは優勝できたはずなのに」

サンヴィがしくしく泣いていう。

「だっていちばん得意なことなんだから！」

そう。人を笑わせることがわたしのいちばんの特技。いつも陽気に笑って、悩みなんてひとつもないって顔をして。三百六十五日、毎日練習していたようなものだから、うまくなってあたりまえだ。

でもレノンはそうは思っていない。わたしには詩を書く才能があって、感受性が豊かで、表現力があるとそういっていた。

レノンのことは考えちゃいけない。よけいにつらくなる。だから宙に浮いたまま、自分がしていることを外からながめて、残りの時間をやりすごす。

機械的にランチを食べ、校庭を歩きまわり、午後の授業もおとなしくすわっている。そのあいだサンヴィがずっと手をにぎってくれていた。そうしてもらってもなぐさめられないんだよといったら傷つくだろう。だからそのままにぎらせておく。サンヴィもカイマもわたしを守るようにずっとそばにいてくれるから、こっちは大丈夫なふりをしなくていい。それはありがたいことだった。もうわたしには何かのふりをする力が残っていない気がする。

家に帰ると、いつものようにママは仕事をしていた。わたしとお茶を飲もうと部屋から出てくると、一日中泣いていたんだとすぐわかった。目がはれている。今日はどうだったときかれて、わたしはぽつりぽつりと、短い答えを返す。校長室行きになって、Kファクターには出場できなくなったことは話さないでおく。

自分がはずかしい。

詩のノートをひらいて、真っ白なページに目を落とす。

何も書くことが浮かばない。

言葉も、文章も、何も出てこない。

頭がまったく働かず、わかるのは、心にぽっかり穴があいているということだけ。


火曜日から水曜日までは、流されるように過ぎていった。みんながふしぎそうな顔でわたしを見ている。Kファクターに出場できなくなったことはみんなが知っていた。学校はうわさが広まるのが早い。低学年の子たちさえ、わたしがだれで、何があったのか知っている。ウィルがすれちがいざまに、気まずそうに声をかけてきた。

「残念だったな、ジェリー。今年はおまえが優勝すると思ってたんだけどな」

わたしはうなずいて、ありがとうといった。少なくともそれは覚えている。まわりで何が起きているのか、ぼうっとして、あまりよくわからない。それでもまずまず問題なくやっているんだろう。プリントは完成したし、先生の質問にも答えたし、どの先生からもしかられなかった。無意識のうちに身体が動いているんだろう。脳が動いていないだけで。それとも動いていないのは魂？　魂がどこかへ隠れてしまったのかもしれない。それか、一時的に身体の外へ出てしまったとか。

　自分が自分でないような気がする。そうなると、こまるのは、いまの状況が把握できないことだ。

　以前は自分がだれだかわかっていたのに、いまはわからない。だけどみんなは、わたしが以前と変わっていないと思っている。教室でだれかがジョークを飛ばすと、みんながわたしを期待の目で見る。でもわたしは肩をすくめるだけ。むかしのジェリーがもどってくるとは思えなかった。

　ママはママで悲しんで、すっかりしゅんとなっているから、わたしが以前のわたしではないことに気づかない。それとも、自分がレノンと別れたから、ジェリーが悲しんでいると、ただそう思っているのかもしれない。

　水曜日に家に帰ると、ママはカーペットに掃除機をかけてクッションをふくらませていた。それで今日はおじいちゃんとおばあちゃんが夕食を食べに来るんだったと思い出した。

　ふたりは五時ぴったりにやってきて、例によっておじいちゃんが不平を並べだした。今日は路上で車を運転しているときに頭にきたことを話している。ママとおばあちゃんは野菜の下ごしらえがあるからといってキッチンに逃げていき、わたしはすわって、掃除したばかりの居間のカーペットに目を落としている。おじいちゃんはひとり、くどくどと文句をいい続けている。

「その女は右側の追い越し車線でずっと五十キロでのろのろ走ってるんだ。こっちがウィンカーを光らせているのに動こうとしない。左側車線にはたっぷりスペースがあるというのにだ！」

おじいちゃんのいっている道路というのは制限速度が五十キロであることをわたしはたまたま知っていた。でもわざわざ指摘はしなかった。制限速度というのは自分には関係ないとおじいちゃんは思っているからだ。

「それで左側車線にいかせてやろうと、こっちがスピードを落としたら、なんとすぐ目の前につっこんできた！　こっちは危うく追突するところだった。まったくふざけた女だ」

首を横にふってさらにいう。

「女の運転はほんとうに危ない」

わたしは深くため息をついた。

「おい、今日はどうしたんだ？」

おじいちゃんがいって、ワインをまた一口飲む。

「ネコに舌でも取られたか？」

「ネコ？」

わたしはぼんやりといった。

「ネコがどうして舌を取るの？」

おじいちゃんがふんと鼻を鳴らす。

「さあな。単なる慣用句だ。だまりこんでいるっていう意味だ」

「それは――」

口をひらいたら、自分の意志とは関係なく言葉があふれてきた。

「おじいちゃんが、こっちに話すチャンスをあまりくれないから」

おじいちゃんがわたしの顔をまじまじと見て、不審そうに目を細める。

「ずいぶんと生意気な物言いじゃないか？　ああいえばこういう。まったく敬意が足らん。それがおまえの悪いところだ。最近の若者はみんなそうだな」

「みんな同じじゃないよ」

夢でも見ているようにぼそっといった。

「最近の若者って、ひとくくりにするのはおかしい。最近の老人は……なんていわないでしょ。最近の白人は……最近の中年は……。みんなそれぞれ考え方はちがうわけだし」

いいながら、知らず知らず口角があがって、気取った笑みが浮かんでいるのがわかる。周囲の空気がかすかにぴりぴりしていた。何か危険な火花が散っている。

一瞬の間をおいて、おじいちゃんがキッチンへ怒鳴った。

「アーリーン！　おまえの娘(むすめ)、今日はどうかしてるぞ。病気なのか？」

ママが小さなナイフとジャガイモひとつを手に、居間(いま)へ入ってきた。

「えっ？　どうしたの？」

おじいちゃんが親指をぐいとつきだして、わたしを指す。

「ばかなことばかりいっている。頭がどうにかなってしまったらしい」

「どういうこと？」

ママが混乱(こんらん)した顔で、わたしに数歩近づいてくる。

わたしは顔をあげて、ママに笑顔を見せた。

「大丈夫(だいじょうぶ)」

おだやかにいう。

「おじいちゃんだって、ときにまちがうこともあるって、それをいっただけだから」

おじいちゃんの顔がだんだん赤く染(そ)まっていく。空気のなかのぴりぴりがさらに増(ふ)えた感じで、まるでこの場面を外から見ているかのように、わたしの目に火花がはっきり映(うつ)る。おじいちゃんの怒(いか)りがどんどん激(はげ)しくなっている。でもどうでもよかった。

「子どもは敬意(けいい)を学ばないといかん」

憎々(にくにく)しげにいう。

「わたしはいつもそういっていたはずだ。そうだな、ヒラリー？」

ドア口に影のようにひっそり立っていたおばあちゃんが、ちぢみあがってひっこんだ。

「これはゆゆしき問題だ」

おじいちゃんはワイングラスをテーブルにおくと、椅子にすわったまま、じりじりと身を乗り出してきた。

「まったくしつけがなってない。アーリーン、おまえは娘を甘やかしてばかりだ。大人にこういう口の利き方をさせるなど、言語道断！　モノマネなんぞにうつつをぬかしおって、放っておけば不良になるぞ。この家に男がいたら、すぐさま何か手を打つはずだ！　おまえには一度だって、こんな口の利き方はさせなかった」

「ええ」

ママがつぶやくようにいう。

「たしかに」

わたしにはおじいちゃんという人間がはっきり見えていた。

「おじいちゃんは、人の悪いところを指摘するけど、自分の悪いところを指摘されると怒りだす。もっと他人の身になって考えてみなよ」

おじいちゃんが立ちあがった。

「あやまれ！」

かみつくようにいう。

「いますぐだ！」

そういって床を指さし、まるでわたしがそこにはいつくばって土下座でもするのを期待しているようだ。

「さあ！」

「ジェリー……」

消え入りそうな声でママがいう。

あたりに散っていた火花が一か所に集まって、わたしのまわりを稲妻のようにめぐりだした。それが巨大な波のようにおしよせてきて、わたしの全身に入りこんでくる。血管に電気が通ったかのように、すっくと立ちあがった。心臓が激しく鼓動するなか、からっぽになった頭のなかに、ひとつの真実が見えていた。何が正しくて、何をいわなきゃいけないか。

わたしは床に両足をふんばった。まるで根をおろしたかのように、地下から一気にエネルギーがあがってきて頭をぬけ、宙に放たれた。

「あやまるつもりなんてない」

今度は言葉が勝手にあふれてきたのではなく、自分の意志できっぱりそういった。

「おじいちゃんは、わたしに一度もあやまらなかった。わたしの何から何まで非難した。わたしの好きなものや、わたしの外見、わたしの食べる量まで。人を傷つけることをしょっちゅういっているから、きっとおじいちゃんは他人を傷つけるのが好きなんだと思っていた。ママやおばあちゃんにもひどいことをいって、だけどふたりとも恐くていいかえせない。でも――」

そこでわたしは、おじいちゃんの意地悪く狭められた目をまっすぐ見つめる。

「わたしのママは最高のママだから。わたしに必要なものはすべて与えてくれた。だからわかるんだ。おじいちゃんはまちがっていて、思いやりがない。そんなおじいちゃんをわたしは恐れるつもりはないから」

おじいちゃんが一歩をふみだし、片手を勢いよくふり上げた。あまりにすばやい動作でよく見えなかったけど、とっさに横っ面をなぐられると思った。もしママの腕がブロックしなかったら、実際そうなっていただろう。

ママは痛みにヒッと悲鳴をあげたものの、わたしの前に立ちはだかって、おじいちゃんと向き合っている。顔を真っ青にしてぶるぶるふるえている。こんなママを見たのは生まれて初めてだった。まるで冷たい炎が身体の内側で燃えているようだった。

「わたしの娘にさわらないで」

おじいちゃんにいう。その声が氷や石やダイヤモンドのようにかたい。

「わたしの子どもはなぐらせない。今日も、これからも」

「この子は痛い目に遭わないとわからないんだ！」

おじいちゃんが怒鳴る。

「おまえがちゃんとしつけをしないからだ！　いつだっておまえは弱虫だった！」

ママが怒りにふるえる声でいう。

「そのとおりよ。わたしもマギーを見習えばよかった。もっとむかしにお父さんに立ち向かえばよかった。でもわたしをおしつぶしたように、お父さんにこの子をおしつぶすことはさせない。わたしの家族に手をあげるんだったら、いますぐここから出ていって」

「わたしの家族」

おじいちゃんが皮肉な顔で笑う。

「わたしもおまえの家族だ」

ふいに耳をつんざくような音があたりに響きわたった――煙探知機だ。

「なべ！」

おばあちゃんが息を飲み、キッチンへ走っていった。

けたたましい音が全員の注意を問題からそらし、ママはおばあちゃんのあとについてキッチンへ向かった。わたしはクッションをつかんで廊下にダッシュし、音をとめようと、警報器の下で必死にあおいだ。

おばあちゃんがなべをシンクの水にひたし、ママが窓をあけるころには、耳をつんざくような音はやんでいた。おじいちゃんがコートを着て玄関のドアをあけている。車のキーを手にして、「ヒラリー」とおばあちゃんを呼び、外に出た。

おばあちゃんは悲しそうな顔で、わたしとママを交互に見る。だれも何もいわない。おばあちゃんはわたしたちをハグすると、おじいちゃんに続いて外に出た。

　ふたりが出ていき、ドアが閉まった。

30

「行っちゃった」

　ママがいってごくりとつばを飲む。

「ふたりとも」

「うん」わたしはいった。

　空気に、こげた金属のにおいが混じっていて、舌がぴりっとする。自分の両手に目を落とす。もうエネルギーがシューシュー外に発散している感じはない。ただジーンとした感じがあるばかりで、血液が血管のなかをさらさら流れていって、落ち着きがもどってくるようだった。両手をひっくりかえし、手のひらを見ながら、ただもう驚いている。いったい何が起きたのか、よくわからない。でももう外から自分を見ている感じはなくて、身体のなかにもどっているのはわかった。

うしろで妙な音がする。ふりかえったら、ママが肩をひくひく動かして泣いていた。血の気の引いた頬に涙が幾すじにも分かれて流れている。壁によりかかっていて、そうしないと床にくずれ落ちてしまうようだった。

「ママ……」

わたしはママをささえる。

ふたり並んでソファに腰をおろして、ママの両手をにぎる。

「ママがわたしを助けてくれた。おじいちゃんがなぐろうとしたのを助けてくれた」

「あたりまえよ。だれにもあなたを傷つけさせやしない。わたしの大切な子どもなんだから」

「ママ、大丈夫？」

おかしないい方だけど、ほかにいいようがない。

ママは涙にぬれた顔で笑う。

「さあ、どうかしら。まあ、大丈夫よ。ただちょっとショックだっただけ。これまでおじいちゃんに立ち向かったことなんてなかったから。マギーはべつとして、だれもそんなことはしなかった。だけどあなたがあんまり……」

そこで、わたしの髪をなでる。

「勇敢だったから。しっかりして、落ち着いていて、理路整然と自分の考えを述べた。あなたがいったことはどれも正論」

そこでちょっと間をおいてからいいたす。

「わたしもジェリーみたいになれたらいいんだけど」

わたしの口があんぐりとあいた。

「わたしみたいになりたい？」

舌がもつれる。

「どうして？」

「だって……しっかりしているから。どうでもいいことははらいのけて、自分の進むべき道を進んでいる。くよくよしないし、人に左右されない」

わたしは驚いてママの顔をまじまじと見た。ママはわかってない。でもどうしてわかるだろう？　ずっとだましてきた。ほかのみんなをだましてきたように、わたしはママのこともずっとだましてきたんだから。

自分がいま重要な瞬間にいると気づくことがある。綱渡りをしていて、どれかひとつを選べと選択肢をつきつけられている。選択肢その一、選択肢その二……選択肢はどれだけたくさんあるかわからない。もしまちがったものを選んだら、足をふみ外して真っさかさまに落ちてしまい、もう二度と綱の上にはもどれない。正しいものを選び……一歩をふみだし……さらにもう一歩進んで……ついに目的地にたどりつく。

「ママに見せなきゃいけないものがある」

わたしはそういって立ちあがり、自分の部屋から詩のノートを取ってくる。ママのとなりにまた腰をおろして、ママのひざの上にノートをおいた。

「これは何？」

ママはノートをひらいた。

ページをめくって、書かれている内容を読んでいる、ママの息づかいがわかる。わたしもとなりで同じように読んで、息をしている。そこに書かれているのはわたしの言葉であって、わたしの本心。わたしの血も涙も、そこに流れている。ちょっと見には、くるくる、くねくねした線が続いているだけなのに、そこからどういうわけか、強い感情があふれでてくる……。

「ああ、ジェリー」

ママがささやくようにいう。

「……驚いた。あなたがこんなことを感じているなんて、まったく知らなかった。なかには……怒っている詩もある。心が痛いとさけんでいる詩も。どうしていままでいわなかったの？」

「そのほうが楽だから」

わたしはあっさりいった。

愛と音楽はハチミツと氷みたいだという詩をママがひらく。鼻をクスンと鳴らしながら読んでいて、しばらくすると涙をふいた。

「そう。まさにこういう気持ち。するどいわ、ジェリー」

わたしはさらにページをめくっていって、レノンが歌にしてくれた詩をひらいた。ママがそれを読んで、えっ？　という顔になった。

「これって、レノンの歌」

「ううん、わたしの歌。わたしが書いた詩をレノンが歌にしてくれたの。Ｋファクターで歌うつもりだったんだ。レノンがギターで伴奏（ばんそう）してくれるはずだったの」

「まあ、そうだったのね」

ママの顔がくしゃくしゃになった。

「わたしがそれを台なしにしてしまった、そうでしょ？」

わたしはママの背中に腕（うで）をまわした。

「台なしにしなくちゃいけないの？」

やさしくいう。

「仲直りできないの？」

ママが深く息を吸（す）って、身を引いた。

「彼（かれ）にはわたしはいらないのよ、ジェリー。男の人はみんなそう、最後はね」

「でもレノンはママのことを愛してた。何がいけなかったの？」

「何も」泣き笑いのような顔でいう。「彼（かれ）は完璧（かんぺき）。やさしくて、思いやりがあって、才能豊（さいのうゆた）かで、だれが見てもステキで、いうことなし……」

「わけがわからない。そういう人をママは求めていたんじゃないの」

「わたしにはもったいないってこと。考えてもみて、ジェリー。どうしてわたしみたいな人間にあの人が夢中になるっていうの？　なんの取りえもないんだから。捨てられて傷つく前に別れたほうがいいのよ」

「なんの取りえもない？」

　わたしは思わず大声になった。

「何いってるの？　ママなんて自慢できることだらけじゃない！　やさしくて思いやりがあって、働き者で、勇敢で、きれいで――」

　ママが笑った。

「あなたはわたしの娘だから、そういうでしょうよ。でも、自分のだめなところは、自分でわかってる。いつもばかなことをして、それであきられて……捨てられてしまう。これまでずっとそうだった」

「レノンはほかの男の人たちとはちがうよ」

　わたしはきっぱりいった。

「そう、ちがう。彼らなんかよりずっといい。ずっとずっと。だから、こわしたくないのよ」

　何いってんの!?　すでにママはこわしちゃったじゃない！　あきれるあまり、さけびだしそうになる。でもそれをいったらママがかわいそうだし、なんの助けにもならない。それで口をぎゅっと結び、なんといったらいいのか、よくよく考える。

「ママ」

言葉を選びに選んで先を続ける。

「レノンがわたしになんていったか知ってる？　ママは美しい魂の持ち主だって、レノンはそういったんだよ。美人だとか、スタイルがいいとか、そういうことはいわない。中身が美しいっていったの。ほかのみんなが目を向けるところに、レノンの目は向かない。レノンは、ママをしっかり見ていた。わたしのこともちゃんと。これまでずっと隠していた、ほんとうのわたしを見てくれた。

レノンがわたしに自信を与えてくれたの。自分は単なるお調子者じゃないって、それ以上のものがあるって思わせてくれたんだよ。それにレノンはママを笑わせてくれた。クリスとつきあってたときはつくり笑いばかりだったけど、レノンと出会ってから、ママは心の底から笑うようになった」

ママはびっくりした顔をする。

「そうだった？」

「そう。レノンのおかげでわたしたちは……ほんとうの自分を出すことができた。レノンがわたしたちを本物にしてくれた」

ママは両手に目を落とし、長く深いため息をついた。

「わたし、ばかなことをしたのかしら？」

「うん。ものすごく。ママは大ばか者だよ」

ママが鼻を鳴らして笑い、わたしの顔をじっと見た。

「愛してるわ、アンジェリカ」

「わたしもだよ、ママ。メッセージを送りなよ」

「そんな、いまさらムリよ」

「送るの」

「何を書けばいいかわからない」

「わたしがまちがっていました、ごめんなさい。それでいい」

いいながらカイマとサンヴィのことを思い出した。わたしもふたりを信用して、自分の気持ちを正直に伝えるべきだった。ふたりはわたしの友だちで、いつでもそばにいてくれる。明日、全部話してしまおう。詩のことや、これまで秘密にしていた悩みも全部。

ママがスマートフォンに手をのばし、ふるえる手でメッセージを打ちはじめた。書き上がったものを送信し、ふたりして期待に胸をふくらませて待つ。

何も起きない。

スマートフォンはだまったまま。

ママがふるえる声で笑う。

「いつまでこうして待つつもり？」

わたしのお腹がグーと鳴りだした。そこではっと気づいた。

「夕食、食べそこなったんじゃない？」

「やだ！」

ママがとびあがった。

「まだお肉をオーブンに入れたまま！　もう黒こげになってる。捨てるしかないわ」

それでトーストにリング形のパスタをのせ、上からチーズをすりおろしたものを食べながら、レノンの返事を待った。

スマートフォンは相変わらず、うんともすんともいわない。時間がたつにつれて、疲れを覚えてきた。ママはおばあちゃんとおじいちゃんのことは何もいわない。わたしもそうだった。ふたりについては、何もいうことがなかった。ママもわたしもとにかくレノンからの返事を待っている。それでもレノンから連絡はなかった。

パジャマに着替えて顔を洗った。そうして歯をみがいているときに、メッセージの着信を知らせる音がした。うっかり歯みがき粉を飲みこんでしまったけど、気にせず居間へ走っていく。

「なんていってきた？　ねえ、なんだって？」

のどをゴボゴボいわせながら、わたしはきく。

ママはあわてるあまり、メッセージを消しそうになった。また手がふるえている。

「えっと……ありがとう、明日また連絡する、だって」

そういって、ママはわたしの顔をまじまじと見る。

「それだけ?」

がっかりだった。なぜだかわからないけど、〈もういいよ、いまそっちへむかっている〉というメッセージが返ってくるものだと信じていた。すごい、やっぱり、おとぎ話みたいな展開ってほんとうにあるんだよね、なんて一瞬思ったりなんかして。

「待たないといけないってことね」

ママは何回もまばたきをしながらそういった。

「まあ、それがフェアってもんよね」

ママは涙にぬれた目で、まぶしい笑顔を見せた。

「ぐっすり眠りなさい、ジェリー。あなたみたいな娘を持って、わたしはほんとうに運がいいわ。あなたはわたしの人生で最高の贈り物」

「大好きだよ、ママ」

「大好きよ、ジェリー」

31

朝になっても、それ以上のメッセージは届いていなかったけれど、わたしの気分は落ち着いていた。昨日はまるで壮大なお芝居のような一日だった。実際にあったことなのだけれど、いまだに信じられない。あんなふうにおじいちゃんに立ち向かっていったなんて。しかもママはわたしを守るために白馬の騎士みたいに飛んできた。

昨日が一種の変わり目だったと思う。自分の魂も感情も粉々になり、宙にまき散らされて浮遊していたのが、やがてひとつに固まって、わたしにもどった。ただし、そのときのわたしは粉々になる前とはちがっていて、まったく新しいジェリーになっていた。

ママに詩を見せてよかった。自分以外のだれかが、自分とまったく同じことで悩んでいたとふいにわかる。それはほんとうにふしぎだった。ママは自分がレノンにつりあわないと思っていた。わたしはこの世界に生きるほかの人たちと、自分がつりあうなんて思ったことは一度もない……この大きな身体のせいで。

ママもわたしも、ほんとうの自分を見られることを恐れていた。それがいまではもう……そうじゃなくなった。少なくとも前とはちがう。

学校に向かうときは、心がおだやかになっていた。（こういう心の状態を〝内なる平和〟というのかもしれない。よくわからないけど）

校庭にサンヴィの姿を見つけて、わたしはかけよった。

「サンヴィ、話さなきゃいけないことがあるんだ」

サンヴィはたちまち心配な顔になった。

「え、何？」

そこへカイマも走ってきた。今朝フラのせいで、大変な迷惑をこうむったと、頭から湯気が出そうな勢いで怒っている。

「だまって！」

めずらしくサンヴィが強い調子でカイマをたしなめる。

「ジェリーが話があるんだって」

カイマがわたしをふりかえった。

「何？」

それでふたりにほんとうの気持ちを話した。

体重のことでどれだけ悩んでいるか。みんなが自分よりやせているんで、ときどきたまらなくみじめな気持ちになって、それを悟られないよう、お笑いをやってごまかしていること。ママに完璧なボーイフレンドができて、ひょっとしたらその人が家族になる可能性もあって、わたしにパパができるかもしれない。そうなったらほんとうにうれしいんだけど、ふたりの関係がだめになってしまって、それがとても悲しいこと。そして家では詩を書いていて、でも人に見せる勇気はないことまで話した。

　真剣に話に耳をかたむけるふたりをよそに、始業のチャイムが鳴った。「えーっ、残念」とサンヴィがいい、「歩きながら話して」といって腕を組んできた。みんなそろって校舎に入っていく。

　レンク先生が教室に入ってきて出席を取り出したので、わたしの告白をきいて、ふたりがどう感じたかはあまりきけなかった。それでもサンヴィは、机の下でわたしの手を力いっぱいにぎってくれ、カイマはカイマで、プリントを集めてわたしの席を通りかかるときにハグをしてくれた。こういう小さなことに、どれだけ心がなぐさめられたかわからない。

　休み時間になると、さらにくわしく話をして、ふたりとも真剣にきいてくれた。途中ヴェリティが通りかかって、友だちに悩みを打ち明けているわたしを見て、せせら笑った。するとカイマが勢いよく立ちあがり、ファイティングポーズを取った。それがおかしくて思わず笑ってしまったけど、ほんとうはそんな友だちを持っていることが誇らしかったし、ありがたかった。

「そうだったんだ」

　サンヴィがところどころで、感に打たれたようにいう。

「それは……びっくり」

「その詩って見せてもらえないの？」とカイマ「おもしろい詩はない？」

「えーっと……あんまりないかな。悲しいのやら、怒っているのやら、混乱しているのがほとんど」

「へえ、そうなんだ」カイマがいう。「その、歌にしてもらったっていう詩は？」

「ちょっと悲しい」

わたしはいってにっこり笑う。

「ほんとうはそうじゃないのに、幸せそうな顔をしているっていう、そんな詩」

「わたしもときどきやる」

サンヴィが意外なことをいいだした。

「ほんとうに？」

「うん――」

そこでサンヴィはちらっとカイマの顔を見て、それからまたわたしに目をもどす。

「みんなそうじゃない？　ほら、国語の時間に仮面の詩が出てきたでしょ。幸せそうな顔は仮面なんだよ」

そこでサンヴィは悲しそうな顔になって小さく笑った。

「うちの両親がこのところずっとケンカしてるんだよね。それでなんだか恐くなって……どういえばいいのかな。わたしもそのことを詩に書いたらいいのかも」

わたしはサンヴィをぎゅっと抱きしめた。

「うん、それがいい。そういうのってつらいよね――わかるよ」

「あたしはフラに嫉妬してる」

カイマがふいに打ち明けた。

「あたしはいつだって、感じたままを口にするって、そういってたでしょ。じつはあれ、正確にいうとほんとうじゃないんだ。フラは障害があるせいで、みんなに同情されて、いつだって特別あつかいされる。お菓子を余分にもらうとかね。それでときどき思うんだ、あたしも事故に遭ったらいい。そうしたら特別あつかいしてもらえるってね」

いったそばから、カイマは顔を赤くした。

「わかってるんだよ、そんなこと思っちゃいけないって。そんなこと考える自分がいやになる」

サンヴィとわたしでカイマをハグした。

「カイマはきっと、怒りに満ちた詩を書くんだろうな」

わたしがいうとカイマが笑った。

「うん――めちゃくちゃ怒ってる詩」

そこでサンヴィがいう。

「ねえ、校長先生にこのことを話したらどうかな。いろいろ大変なことがあったんだって、事情を話せば、きっとKファクターに出してもらえるよ」

　わたしは肩をすくめた。

「いいんだ。どうせもうモノマネはやりたくないし。レノンがいないんじゃ、歌だってムリ。それに、決勝戦は明日の夜だし。練習する時間だってない」

　ふたりともうなずいた。

「じゃあ、あたしも行くのやめよう」とカイマ。「ジェリーをはげましに行こうと思ってただけだから」

　サンヴィがわたしの腕を取った。

「代わりに、べつのことをやろうよ。タレントショーが何ほどのもん？　友情のほうがもっと大切でしょ」

　これ以上安っぽいセリフもないだろうけど、わたしはうれしかった。


　その日の午後、学校から帰ると玄関から勢いよくなかに飛びこんだ。

「ママ！　ママ！　連絡あった？」

　ママが部屋から出てきた。電話中で、「静かにしなさい」とわたしに目で知らせる。

「ええ、それでしたら」電話の相手にいっている。「来週の火曜日でいいなら、大丈夫です。それより早くにお届けできなくて、申し訳ありません。わたしの力がおよばず……はい……はい、わかりました。それじゃあ、失礼します」

電話を切ってから、わたしに「お帰りなさい」といった。

わたしはママにぎゅっと抱(だ)きつく。

「レノンから連絡(れんらく)来た？」

「いいえ」

わたしはママから身を引いた。

「えっ？　ぜんぜん？」

「そう。もう一回送ったんだけど……ちょっとあいさつという感じの、どうってことのないメッセージをね。でも……何もいってこないの」

いいながら、でも平気と、強がった顔を見せる。

「覚悟(かくご)はしておいたほうがいいわね……彼(かれ)はもどってこない」

わたしはさりげなく椅子(いす)にすわる。

「うーん、そうか……そうなるのかなあ……」

「そうそう、お茶でも飲んであったまらない？」

「うん、飲もう」

今日の気温は二十五度だけど、やっぱりこういうときはお茶だ。

キッチンに向かおうとしたところで、スマートフォンがチンと鳴り、ママがため息をつく。

「マギーよ。昨日の件でおばあちゃんから電話があったらしくて、大騒ぎなのよ。よりによってこんなときに――」

そこで言葉を切り、ごくりとつばを飲んだ。

「どうしたの？」

わたしはきいた。

「彼から」

わたしはとびあがった。

「レノン？」

「そう。それが――これって、いい知らせ、それとも悪い知らせ？　よくわからない。ジェリー、どう思う？」

そういってわたしにスマートフォンを差しだしてメッセージを読ませる。

〈キングズアームに午後七時、ジェリーも連れてきて〉

何これ。大人ってどうしてこうなんだろう。こんなまわりくどいことをしないで、思っていることをはっきりいったらいいのに。でもそれをいうなら、わたしも同じか。これは人間の習性？　物事をわざと複雑にしたがるのは。

もちろんわたしたちは出かけることにした。ママはもう緊張のしっぱなしで、人間としてつかいものにならない。鍵は落とすわ、財布は忘れるわ、あげくの果てには、ドアにスカーフをひっかけてしまい、また部屋にもどってそれとほとんど同じスカーフをさがして……。

レノンと恋をしているのが自分じゃなくてほんとうによかった。恋愛をするとみんなこんなふうになっちゃうのなら。わたしのママはすっかりおかしくなっている。

「ほらほら、大丈夫だから」

何度もそういってはげます。ママは子どものようにわたしの手につかまって、ぎゅっと力をこめている。

木曜日の夜で夏だったので、おおぜいの人がキングズアームに飲みに行こうと考えたみたいで、店の前に人だかりができていた。めいめいビールの入ったグラスを手に、入り口をふさいでいる。そこに子どもが入っていくのは場ちがいで、気が進まない。どうしてレノンはわたしを連れてくるようママにいったのだろう。ふたりきりのほうが話はしやすいはずなのに。
と、音楽が流れてきて、その理由がわかった。

レノンのバンドが演奏している。わたしの手をにぎるママの手にぎゅっと力がこもる。人波をおし分けながら、ふたりでなかへ入っていく。

バンドは三人編成だった。レノンがギターをひいて歌を歌い、ダブルベースをひく女性と、ドラムをたたく男性がいるだけ。そのくらいがちょうどいいのだろう。ずいぶんと狭い場所におしこまれている感じだ。そう広くない店にお客さんがおおぜいつめているので息がつまりそうだった。

バンドの近くまで来たところで、ちょうど曲が終わり、ぱらぱらとまばらな拍手が起きた。

「ありがとう」

レノンがいい、それからわたしたちに目を向けた。いや、正確にはママにだ。わたしもいるのはわかっているだろうけど、レノンの目はママしか見ていなかった。ゴホンとレノンがせきばらいをする。

「次は……新曲を。じつをいうと、演奏するのは今日が初めてで。うまくいくといいんだけど」

そういって、ダブルベースの女性とドラムの男性ににこっと笑う。

「じつは今日の曲目には入ってなかった。でも今夜、ぼくにとって特別な人がここに来たものだから。どうしても歌いたくて」

みんながいっせいに、わたしたちのいるほうへ顔を向け、わたしはもういても立ってもいられない気分だった。ママは顔を真っ赤にして、わたしの手を思いっきり強くつかむ。

曲がはじまった。暑い夏の夜で、みんなは飲みながらおしゃべりを楽しもうとこの店に来ているはずなのに、店内はしーんと静まっている。思わずひきこまれる曲で、心を打たれずにはいられない。だれもが歌い手の顔をじっと見つめながら、耳をすましているのがわかる。バーカウンターによりかかっている、ベストを着て腕にタトゥーを入れた大がらの男の人も、うっとりきいっている。

レノンの声は力強く、情感たっぷりに歌いあげるので、わたしははずかしくてたまらない。家の居間できくならいいけど、知らない人がおおぜいいるなかできくのはまたべつだ。

きみがぼくをより大きく、より強くしてくれる
きみがぼくをよりよくしてくれ、きみにますます恋こがれる
きみ
きみしかいない

最後の音が消えて曲が終わったとたん、ものすごい歓声がわきおこった。わたしはびっくりしてとびあがった。レノンがうなずいて、みんなに感謝の言葉を述べる。

「じゃあみんな、これから小休憩に入るけど、いいかな？　五分でもどるよ」

そういうと、肩からギターのストラップをはずし、人ごみのなかを突きぬけて、わたしたちに近づいてくる。おしゃべりにもどったと見せかけて、じつはみんながみんな、ちらちらこちらを見ているのがわかる。

ママの目の前まで来るとレノンがいった。

「やあ、アーリーン、やあ、ジェリー」

「こんばんは」

わたしは機械的にいった。

「話があるんだって?」

レノンがママにいう。

「いえ、べつに」とママがいうのをきいて、あまりのじれったさにさけびだしそうになる。まただ!

ところが、またじゃなかった。ママは話をする代わりに、レノンにキスをした。パブのどまんなかの、だれもが見ている前で。

やだやだ、何やってんの。こんなにはずかしいことはなかった。

目のやり場にこまって、床を見て、それからドアを見る。ほかのお客さんたちに目をやっても、みんなキスしているふたりを見て歓声をあげているので、はずかしいばかりだった。いや、わたしだって内心喜んでいる。だってこれでふたりのよりがもどったんだから。それでも正直いって、おおぜいの人がいる場で、こういうことをしてほしくなかった。

終わるまで外で待っていようかなと思ったら、ふいにレノンがわたしに手を差しだし、にっこり笑った。

「ねえジェリー、ステージの上で自分の魂をさらけだすと、どういうことが起きるか、これでわかっただろ?」

「歓声は許せる」

どうってことのない口調でいった。

「でも、キスをしてくるような人がいたら、おしりをけ飛ばしてやる」

レノンが笑った。

「いえてる。こんなことは、ぼくも初めてだよ。これが最後にならないといいんだけど」

「うっ、気持ち悪い。たのむからやめてよ、吐きそう」

「ごめん」

レノンがいってまた笑う。

「で、きみの調子はどうだい？　ふたりそろって来てくれてうれしかった。今度はぼくが明日のタレントショーできみにつきあう番だ。予定どおりにね」

そこでレノンは、わたしが浮かない顔をしているのに気づいた。

「どうしたの？」

32

金曜日の朝、レノンとママが学校に行くわたしについてきた。わたしは教室に向かい、ふたりは校長先生に会えるかどうか、事務室にききに行った。

授業はまったく集中できず、レンク先生が何をいっているのかわからない。まるでスワヒリ語をしゃべっているみたいにきこえる。

事務のラシード先生が教室の入り口から顔を出した。

「すみません、授業のじゃまをして。校長先生が、少しの時間アンジェリカを借りてもいいかとおっしゃってます」

レンク先生はふしぎそうな顔で、「ええ、大丈夫です」といった。

ドア口へ歩いていくわたしに、みんなが注目しているのがわかる。なんだって校長室に呼びだされたのかと、興味津々なのだろう。

ラシード先生のあとについて歩きながら、心臓がサンバを踊っていた。

うまくいったのかな？　校長先生は考え直してくれた？

手ににじんできた汗をスカートにこすりつけて落とす。

校長先生は机を前にしてすわっていて、ママとレノンがその向かいにすわっていた。レノンがこちらに気づいて片目をつぶってみせたので、わたしははっと息を飲んだ。それってもしかして……？

「おかけなさい、アンジェリカ」

校長先生がいって、ママのとなりの席を示す。わたしは腰をおろした。そろそろまばたきをしないと。どうやってやるのか忘れてしまった。

「さてと。先ほど、あなたのお母様と、ミスター・マロニーと、大変有意義なお話をしました」

マロニー？　レノンの名字はマロニーだったの？　どうして知らなかったんだろう？　レノン・マロニー。かっこいい響き。

「それであなたは最近、おうちで、いろいろ悩んでいたようですね」

校長先生が続ける。

「学校では相談できず、ひとり苦しんでいた。かわいそうなことをしたと思います。ときに人間は、他人に心をひらくことが難しいと感じることがあります」

こんなふうに親身になって、わたしの気持ちによりそってくれるのはほんとうにありがたい。でもわたしはさけびたかった。

結局、Ｋファクターには出られるんですか？

下くちびるをぎゅっとかんで、それをこらえる。考えなしに口をひらくと、ろくなことにならないのがわかっていた。

「学校でも支援策(しえんさく)を考えようと思っています」

もしわたしの視線(しせん)がレーザー光線だったら、もうすでに校長先生の顔に穴(あな)があいて、向こう側が見えることだろう。それぐらい強いまなざしで見つめていた。

「週に一度、家と学校を結ぶカウンセラーのミセス・コウルスンと話をする。そうすれば、ひとり悩んでやせる思いをしなくてすむでしょう」

やせる？　皮肉を感じて、またもやさけびだしそうになる。

「しかし、短期的には、学校側でも支援(しえん)の機会が設(もう)けられると思いますよ。少々異例(しょうしょういれい)なことではありますが……」

そこで校長先生は言葉を切る。

「あなたと、ここにいらっしゃるミスター・マロニーが歌をつくったとききました。人をちゃかすようなものではなく、真面目な歌だそうですね。あなたが書いた詩がもとになっている。それをきいて、これはすごいと、こちらも胸(むね)がワクワクしました。

そればかりではなく、ほかにもたくさんの詩を書いている。それもほんとうにうれしいことです。このキングズウッドでは見られなかった、あなたの新しい側面ですね。そして、その歌をみんなに歌ってきかせようと一歩をふみだしたところが、またすばらしい。このことはマーストン・ハイの国語の先生に申し伝えて、あなたの才能をどうかのばしてやってほしいとたのんでおきましょう」

わたしはごくりとつばを飲む。それは……ありがたいです……光栄です。だから、早く結論を！！！

「まあとにかく、いまの状況を考えれば、今学期が終わる前に、その歌をあなたがみんなに披露する場を学校があなたに用意してあげるのが、当然でしょう。あなたの隠れた才能が開花した、そのお祝いとでもいいましょうかね」

校長先生がニヤリと笑った。

一心にきいていたけれど、よくわからない。結局出られるのか、出られないのか。きっと混乱が表情に出ていたのにちがいない。

「ジェリー」

ママがやさしくいう。

「校長先生は、今夜のKファクターに出演していいって、そうおっしゃってくださってるのよ」

うわ！　うわ。

それはよかった。

よかった――んだよね？　喜ぶべきだよね？

「ジェリー？」

ママがいう。

みんなの注目がわたしに集まっていた。

長く息を吐きだし、それからいった。

「そうか。よかった。うれしいことだよね」

みんなが声をあげて笑った。だからこれはいいことにちがいない。でもなんだか頭がしびれたようになっていて、正直いってよくわからなかった。

講堂は人でぎゅうぎゅうづめだった。こんなにおおぜいの人がここにいるのを見るのは初めてだった。これは絶対、消防法に違反している。親と子どもがわきに立って記念撮影をしようとしているそばで、小さな子たちがわんわん泣いたり走りまわったりして、もうめちゃくちゃだった。

前半のあいだ、わたしはおとなしくすわって見ていたものの、緊張しまくりで、口から心臓が飛びだしそうだった。レノンといっしょのリハーサルはうちであわてて二回やっただけで、それからすぐまた学校へもどってきた。ハーモニカの演奏部分はミスをしないでできたことはまだ一度もなかった。

スカートがチクチクする。わかっていながらはいてきたのは、ママのお気に入りだから。ママはメイクもしたほうがいいといってきかなかった。だからいまのわたしがほんとうの自分といっていいのかどうか、よくわからない。メイクは拒否したかった。だって、ほんとうの自分をさらけだしたいという歌を歌うんだから。それでもステージに立っているあいだは、少しでもきれいに見せたい……。

ときに人生には、どうしていいかわからない瞬間がある。

前半にはすごい演技がいくつもあった。四年生の女子のバイオリン演奏は、テレビのタレントショーにも出演できそうな腕だったし、タップダンスをした五年生男子にも観客から大きな歓声があがっていて、立ちあがって拍手をする人もいた。でもお笑いはたいしたものがなかった。ひとり、ジョークを連発していた女子がいたけど、お世辞にもじょうずとはいえない。もしわたしがモノマネをやったら、優勝も夢じゃないという感じがしたけど、歌では……うーん、勝利は期待できないだろう。

幕間では、カイマとサンヴィと廊下に出てつるみながら、緊張のあまり爪をかんで、そわそわしている。

「恐ろしくなってきた」

サンヴィがそっという。これまで見たことがないほど目を大きく見ひらいている。

「どうして、サンヴィが？」

わたしは驚いて声をあげる。

「ステージに立つのはわたしなのに！」

「わかってる！　ただジェリーが失敗したらどうしようと思って」

「あーあ、いっちゃった。もう失敗は決まりだね、ありがとう」

「ちがう、ちがう、そういうつもりでいったんじゃないんだから！」

カイマが大笑いする。

「落ち着きなって、サンヴィ。ジェリーはきっと、すごいのをぶちかますから」

「もう、モノマネはやらないってわけじゃないよね？」

サンヴィがふいにいった。

「だって歌を歌ったり、詩を書いたりするんでしょ？　これからは、真面目なジェリーになっちゃうのかと思って」

わたしはサンヴィに、ニヤッと笑ってみせる。

「サンヴィは、わたしのモノマネが好きだって、そういうこと？」

「もちろん！」

大声をはりあげた。

「ジェリーには才能(さいのう)があるんだから！」

わたしはサンヴィをぎゅっと抱(だ)きしめた。

「心配しなくていいよ。こんな楽しいこと、やめるわけない」

カイマも加わって、三人でハグをする。ぎゅっと力をこめた拍子(ひょうし)にバランスをくずし、うしろへつまずいたところに、マーシャルの足があった。

「痛っ！　気をつけろよ、ジェリー！」

「ごめん、ほんとうにごめん。見えなかったんだ」

「まるでゾウにふまれたみたいだ」

マーシャルがぶつぶつ文句をいう。

わたしは一度深く息を吸った。

「そのいい方はないんじゃないの。わたしはゾウじゃないし、ゾウにたとえられるのもいい気はしない」

マーシャルはぎょっとして、わたしの顔をまじまじと見つめる。

「えっ？」

「後半戦！」

廊下の先のほうでだれかが大声でいうのがきこえ、ふいに講堂へもどりたくなくなった。

カイマとサンヴィがまたわたしにハグをする。これからわたしが大変なことを乗り越えなくてはならないのがわかっているのだ。たとえわたしの歌は一度もきいたことがなくても。わたしが決勝戦に出場できるようになったことは、まだだれも知らない。

「きっと大成功まちがいなしだからね」

ふたりにそうはげまされながら、自分たちの席へもどる。

講堂がふたたび人でいっぱいになっていく。うしろのほうにママとレノンがいて、レノンはギターをうっかり人にぶつけないよう、しっかりおさえている。それを見たら、『コーヒー天国』で初めて会った日のことが思い出されて、自然と顔がほころんだ。

出番はまだまだ先、みんなが終わってから。そういいきかせて、自分を落ち着かせていたのに、何もかもが信じられないほど早く進んでいって、あっという間に――心の準備ができる前に――ジョーンズ先生がステージに立って話をはじめた。

「さて、プログラムではこれで終了となっていますが、本日になって変更がありました」

いったいどういうことかと、みんなは首をかしげている。

「アンジェリカ・ウォーターズが」

ジョーンズ先生は続ける。

「今日になって出場することが決まりました。みなさんのほとんどは、アンジェリカといえば、モノマネが得意だと知っていますね」

生徒たちが顔を見合わせてニヤニヤしだし、ふりかえってわたしの顔を見る子もいた。

「しかし、今夜はアンジェリカにまたべつの才能を発揮してもらいます。自分で書いた詩をもとにした歌を歌ってくれるそうです」

これをきいて、みんなはがっかりした顔になる。これは失敗だ。やっぱり歌を歌うなんて、やるべきじゃなかった。

「アンジェリカの友人でありミュージシャンである、レノン・マロリーがステージにあがって伴奏を務めてくれます」

ジョーンズ先生が手にしたメモを見ながらいった。

「それでは、大きな拍手でもって、アンジェリカ・ウォーターズを迎えましょう！」

階段をのぼるのがこんなに難しいのはどうして？　ふだんは考えもせずにのぼりおりしているのに、いまはあげた足をどこにおけばいいかよくよく見ながら、一段一段慎重にのぼっている。途中で落っこちたらどうしよう――だめ、そんなことを考えちゃ！　うわっ、足を動かさないよう、脳がストップをかけてる！

「やあ、ジェリー」

パニックになっている頭のなかに、レノンの声がわりこんできた。見れば椅子を引いて腰をおろし、ギターのチューニングをしている。

「調子はどうだい？」と、気さくな口調で声をかけてくる。

「ああ、いいよ。そっちはどうだい？」

わたしもレノンの口調をまねて気さくにいい返す。

観客がくすくす笑いだした。その笑い声が心地よく、一気に緊張がほぐれた。

マイクの位置が低すぎるので、ちょっとだけ高くする。手のひらの汗でマイクスタンドがすべる。ポケットのなかにはハーモニカが入っている。もし演奏中に手からすべり落ちたら目も当てられない。

「用意はいいかい？」

レノンにきかれ、わたしはうなずいた。ジョークのひとつもいわずに、ここにただぼうっと立っていたら、しまいに失神するような気がした。

レノンが前奏をひきだしたとき、最初の歌詞が思い出せなくて青くなる。でも大丈夫、口をあけたら自然に出てきた。残りの歌詞も全部。

これがわたし？　これがあなた？　これでいいの？

まるでクモの巣のように
うそをびっしりはりめぐらせる
どうか瞳を見られませんように
心の奥をのぞかれませんように

ジョークを飛ばして人を笑わせ
落ちこんでるなんて思わせない
いやなことは全部心の奥に閉じこめて

悲しいことなんてないふりをする

だって、わたしは明るいピエロ
顔で笑って心で泣いて
わたしが笑えば、みんなが笑う

笑いの仮面をはずしても
あなたはそばにいてくれる？
友だちでいてくれる？
嫌いにならない？

毎日楽しいことばかり
悩みなんてひとつもない
何をいわれたって傷つかない
そう自分にいいきかせる

だって、わたしは明るいピエロ

顔で笑って心で泣いて
わたしが笑えば、みんなが笑う

33

最後の音が小さくなって消えていき、気がつけば、まるで時が凍りついてしまったようにだれもが動きをとめていた。

ママは口を両手でおさえたまま、目から涙をあふれさせている。きっと誇らしくて泣いているんだろう。最前列のはしっこにいるジョーンズ先生はティッシュで目をおさえていた。三人いる審査員のひとり、校長先生の娘さんであるジュリー（『イーストエンダーズ』に出演したことがある）は、うっとりして、わたしの顔を見つめ、校長先生のほうは鼻をぐすぐすいわせていた。

そして次の瞬間、沈黙が一気に破られた。

音の壁が自分に向かってどっと倒れてきたみたいで、足もとが少しよろめいた。われるような歓声と拍手。

足をふみならしている人もいて、カイマとサンヴィはふたりしてぴょんぴょんとびあがってさけんでいる。何をいっているかはわからない。

どうしていいのかわからず、しばらくぼうっとしている。

するとレノンがわたしのとなりに立って、耳もとでささやいた。

「お辞儀をするんだよ、ジェリー。みんなの賞賛にこたえて」

それでそうした。レノンも小さくお辞儀をしてから、うしろにひっこみ、わたしに拍手をする。人前で演じるのは大好きだけど、今日ばかりは、そそくさとステージからおりる。

終わってよかった。いまわたしにいちばん必要なのは……。

そう、ママだ。

講堂をつっきって歩いていく途中、みんなからハグをされ、背中をたたかれる。大人は泣いている人も、笑っている人もいる。ということは、やっぱりうまくいったんだと一安心。

「すごかったよ、ジェリー」

マーシャルが声をかけてきた。

「でもって、さっきいった言葉、ほんとうにごめん」

その言葉をはじめ、いろんなものが頭のまわりを飛び交っている感じだった。うしろのほうにママがいて、わたしと目が合うと、廊下に通じるドアのほうを指さした。

そこでいきなり静かになったので、ジョーンズ先生が今後のことを説明しだしたのだとわかった。十分間の休憩中に審査員が優勝者を決めるといっていたけど、そのあとはもう廊下に出てしまってきこえなかった。

ママがわたしを、これまでにないほど思いっきり強く抱きしめ、わたしのことがどんなに誇らしいか、耳もとでささやく。

「これからは、勇気を出す必要があるときには、いつも今日の日を思い出すわ……」

正直いって、これにはちょっと圧倒されて、わたしはいきなり泣きだしてしまった。

レノンがわたしたちをさがしに来ると、ママが彼に手を差しだし、三人でハグをした。

「よかったよ、ジェリー」

レノンはそれしかいわなかったけれど、十分だった。

そのあと結果発表があって、わたしは去年と同じ三位だった。

ステージの上にあがって、ちびっちゃいトロフィーを受け取った瞬間、わっと歓声が起き、足をふみならす音が響きわたる。

わたしは誇らしさに泣きたくなった。カイマとサンヴィはキャーキャーいって、何度もジャンプし、ママとレノンは、手がぼやけて見えるほど、激しい拍手を送ってくれた。

やってよかった。ほんとうによかった。

「勝ったと思ったのに」

校庭に出ていくとき、ママがそういった。

わたしは空を見上げる。まだ明るかったけれど星がひとつ光っていた。
「勝ったよ。たしかに勝った」
ママがわたしの手をにぎり、レノンが反対の手をにぎり、三人で家へ帰っていく。

わたしの友だち
カイマとサンヴィへ贈る詩
マーストン・ハイに通学する最初の日に――

ずっとずっとむかし、最初に出会ったとき
三人でお気に入りのペットの話をした
わたしはキリンを飼っているといった
ほんとうじゃないけど、ふたりとも笑ってくれた

そのときわかった
自分は三人のなかで「笑わせ役」なんだって

ふたりをゲラゲラ笑わせ、にこにこ笑顔にする
けれどそのあいだずっと、胸のなかに秘密をかかえていた
それを小さなノートに書いて
ふたりには見せなかった

でも状況は変わって、わたしも変わった
もう泣いているところを見られてもかまわない
そのときはいえなかったことも、いまならいえる
文字に書くことしかできなかったことも

人生の選択肢はその二ばかりじゃない
でも選択肢その二をおはらい箱にはしない
三人とも、それが必要になるときもある
わたしはこれからもジョークを飛ばすし、おどけて人を笑わせるし
学校でいろいろ失敗もする

でも選択肢その二だけでやっていくことはしない

わたしの感情をしまっておく器には、まだいろんな選択肢が入っている
だから、つらいときや、そんなに楽しくないときは、
すなおに選択肢その一を選ぼう

新しい学校で過ごす、まだ最初の一日
わたしたちはみんなつくり笑いを浮かべている
それは選択肢その二。でもつねに忘れないでいよう
いつだって、選択肢その一を選ぶことはできるんだって

訳者あとがき

本作は2018年にイギリスで出版された、ジョー・コットリル作『JELLY』の全訳です。JELLYは、この物語の主人公である十一歳の女の子、アンジェリカ・ウォーターズの呼び名。英語で書かれた原書では、表紙に、このジェリーがつらそうな顔をして、巨大なゼリーの載った皿を頭上で支えている絵が描かれています。

そう、あのゼラチンを固めてつくったデザートです。日本ではゼリーと発音することが多いようですが、英語ではジェリー。それがぷるぷるふるえるところから、ジェリーには「恐怖にびくびくすること」という意味もあるようです。

でもこの物語の主人公ジェリーは、モノマネが得意で、人を笑わせることが大好きなクラスの人気者。がっちりした強い身体を持ち、スポーツも万能。びくびくすることなんてひとつもなさそうな、根っから明るいひょうきん者です。そんな女の子が主人公なのに、どうして「恐怖」と必死に闘っていることを思わせるような表紙がついているのでしょう？

じつはジェリーには大きな悩みがありました。それは、娘思いの美しいママにも、大好きな親友ふたりにも、けっして打ち明けられない悩み。自分のなかでどんどん大きくふくれあがり、爆発しそうになる心のさけびをジェリーは詩にして、だれにも見せない「秘密のノート」につづっているのです。

物語では、この「秘密のノート」の中身が読者にだけわかるように本編のあちこちにはさまれていて、それを読むと、ジェリーの心の痛みが切々と伝わってきます。

悩みというのは人それぞれで、「そんなの気にする必要ないよ！」と、まわりにいわれても、「うん、そうだね」とは、なかなか思えないもの。とりわけ、やわらかくみずみずしい若い心は傷もつきやすく、ちょっとしたことで大きくへこんでしまうことが多いようです。

いや、「ちょっとしたこと」というのは暴言でした。大人になって経験が増えればそんなこともいえますが、大人への階段をのぼりはじめたばかりの人たちにとっては、どんな悩みも、きっと一大事のはずでしょう。

友だち関係のこと、親や兄弟のこと、自分の容姿や運動神経のこと、将来のこと……。ひょっとしたら、いまあなたも何かでひどく悩んではいませんか？

そんなとき、ジェリーのように、「書くこと」は大きな助けになります。自分の思いを文章や詩にしようとすれば、目をそむけようとしていた悩みといやでも正面から向き合わざるをえなくなり、それによって問題に解決策が見えてくることもあるからです。

欧米のＹＡ小説を読んでいると、悩む若者たちが、詩をつくったり物語をつくったり、漫画を描いたりする場面がよく出てきます。おそらく人は現実の問題と闘うために、一度現実世界からはなれて、想像の世界に飛びこむ必要があるのかもしれません。

日々の生活は何かと忙しく、さまざまな制約に目隠しされて、目先のことしか見えなくなるときが多いもの。そういうときこそ、想像の翼を大きく広げ、はてしない世界を飛翔するように、さまざまな角度から世界をながめ、言葉と親しみながら、詩や物語をつくってみたらどうでしょう。

ぜったい人には見せられないと思っていた「秘密のノート」を、ジェリーは信頼できるひとりの大人に見せ、それをきっかけに自分の新たな才能に気づき、それまでひた隠しにしていた悩みを美しいものに昇華させて、人々の心を大きくゆさぶります。

『レモンの図書室』でもそうでしたが、作者のジョー・コットリルは、みずみずしい少女の心の内を描くことが大変上手です。そればかりでなく、いままさに若者を苦しめている社会問題を巧みにすくいとり、よりよい未来をつくるためには何が必要なのか、問題提起する姿勢をはっきり打ち出しています。

『レモンの図書室』ではヤングケアラーの問題を取り上げていましたが、本作では、容姿で人を差別するルッキズムをはじめ、人種差別や性差別、同性愛への偏見といったものを許さない、作者の強い想いが登場人物たちのさりげない言葉のはしばしからうかがえます。未来をつくる若い人たちに、いまいちばん読んでほしい作家といえましょう。

最後になりましたが、ジョー・コットリルという作家を見いだし、その作品群を最良の形で日本の読者に届けることを実現してくださった、編集部の喜入今日子さんに心より感謝を申し上げます。

二〇二〇年五月

杉田七重

作　ジョー・コットリル

俳優、音楽家、教師、新聞売りなど様々な職種を経験したのち、現在はイングランド南部のオックスフォードシャー州にて専業作家として暮らしている。あらゆる世代の読者に向けて作品を発表し、これまでに二十冊以上の著作を出版。カーネギー賞にノミネートされたほか、UKLA図書賞、オックスフォードシャー図書賞など、数々の賞のリストにあがっている。日本では『レモンの図書室』（小学館）で初めて紹介されて、大人から子どもまで多くの読者の心をつかんだ。

訳　杉田七重（すぎた　ななえ）

1963年東京都に生まれる。小学校の教師を経たのちに翻訳の世界に入り、英米の児童文学やヤングアダルト小説を中心に幅広い分野の作品を訳す。主な訳書に、マイケル・モーパーゴ『月にハミング』、『トンネルの向こうに』、『フラミンゴボーイ』、ジョー・コットリル『レモンの図書室』、ミシェル・クエヴァス『イマジナリーフレンドと』（以上すべて小学館）などがある。

秘密のノート
2020年6月8日　初版第1刷発行
2021年6月15日　　第2刷発行
作　ジョー・コットリル
訳　杉田七重

発行者　野村敦司
発行所　株式会社小学館
〒101-8001　東京都千代田区一ツ橋2-3-1
電話　編集03-3230-5416
販売03-5281-3555

印刷所　萩原印刷株式会社
製本所　株式会社若林製本工場

ISBN978-4-09-290634-1

編集／喜入今日子

아홉 살 마음 사전
A Dictionary of Nine-Year-Old's Heart

Originally published in Korea by Changbi Publishers, Inc.

This edition is published by arrangement with Changbi Publishers, Inc.
through K-Book Shinkokai.

9歳(さい)のこころのじてん

パク ソンウ 文　キム ヒョウン 絵
清水知佐子 訳

小学館

『こころのじてん』の使い方

自分の気持ちをことばで表すのはかんたんではありません。自分がどう思っているのか、はっきりわからないからということもありますが、みなさんがまだ、気持ちを表すことばをよく知らないからという理由もあります。

この本は、「会いたい」から「わくわくする」まで、気持ちを表す74のことばを五十音順にしょうかいした本です。気持ちを表すことばと、そのことばが使われる状況をイラストといっしょにしめし、そのことばを理解できるようにしました。また、同じような気持ちを表せる場面の例文をそれぞれ3つずつのせました。

気持ちを表すことば
気持ちを表すことばの意味
満足だ
思いどおりになって気分がいい。
まんぞくだ
ちらかっていた部屋をきれいにかたづけたよ。
「そうじ、終了」
むずかしい宿題を全部すませたぞ。
「ぼく、ちょっとすごくない？」
1年間、ちこくもけっせきもしなかったんだ。
さがし絵クイズで全部正解したの。
気持ちを表すことばが使われる状況
同じことばで気持ちを表せる例文

もくじ

会いたい

ねようと思って横になって目をつぶっても、

ベルの顔がちらちらとうかんでくる。

出張に行ったお母さんに電話をしたよ。

「お母さん、元気？　明日帰ってくるんだよね？」

いなかのおばあちゃんのところに早く着いて、

だきしめてもらいたいな。

「おばあちゃん、さっきお父さんと出発したところだよ」

転校した友だちに会うやくそくの日まで

まだ何日ものこっているのに、

毎日指折り数えて待ってるんだ。

ありがたい

「うわあ、おひめさまの部屋みたい」
お母さんがわたしの部屋に
カーテンをつけてくれたよ。

「必要な物があったら言ってね。わたしがかしてあげるから」

親友が消しゴムをかしてくれた。

お姉ちゃんが工作の宿題を手伝ってくれたの。

のびたつめを切ってくれたお父さんに、
チューしてあげたいな。

いたいたしい

「えさをたくさん食べて、早くよくなあれ」
ヒヨコが、けがをした足を
引きずって歩いているんだ。

かわいそうで見ていられない。 いたいたしい

テレビで、シマウマがライオンに
追いかけられている場面がうつっている。

ごみの山をあさっている迷子の子犬を見かけた。
「飼い主とはぐれたのかな。
おなかがすいてるみたい」

道にまよった子ネコが、
鳴きながら親ネコをさがしているよ。

いらいらする

ねようと思ったら蚊(か)がぶんぶんうるさくて、

明(あ)かりをつけたらどこにもいない。

「もう、ねむれないじゃないか」

暑くてしかたないのにバスがなかなか来なくて、
やっとバスに乗れたと思ったら、
ずっと道がこんでいるなんて。

いっしょうけんめい歯みがきをしてたのに、
「すみからすみまでちゃんとみがきなさい」と
お母さんに小言を言われた。

さっきお母さんのお手伝いをしたばかりなのに、
今度はお父さんが用事を言いつけるんだから。

うきうきする

お父（とう）さんが引（ひ）いてくれるそりに乗（の）って、

びゅんびゅん走（はし）ったよ。

お母さんが、勉強はそれくらいにして遊びなさいだって。

「やっぱり、うちのお母さんって最高」

おこづかいが2倍になったよ。

ピクニック用に、
家族みんなでのりまきを作ってるんだ。

うらめしい

お母さんが起こしてくれなかったから

ちこくしたと文句を言ったよ。

すべって転んだのは、ぼくの注意が足りなかったから
じゃないぞ。運動ぐつが悪いんだ。

「おい、全部お前のせいだ」
弟があばれたから、ブロックがくずれちゃった。

「お金、どこへ行っちゃったんだろう」
お金を落としてしまったのは
ポケットが小さいからだ。

うらやましい

わたしは何も買ってもらえないのに、
お姉ちゃんはおねだりしたら
何でも買ってもらえるんだ。

自分がそうだったらいいなと思って、
つらかったりさびしく思ったりする。

お姉ちゃんったら、わたしとは遊んでくれないのに、
子犬のモコとは遊んであげるんだから。
「わたしよりモコのほうがかわいいの？」

お兄ちゃんのおこづかいが、
ぼくよりそんなに多いなんて。

「お前は勉強しなさい」
お父さんが、わたしにはテレビを見ちゃだめと言うのに
妹には何も言わないの。

うれしい

なかよしの友だちと
3年生も同じクラスになった。

会いたい人に会えたり、
のぞんでいたことがかなったりして気分がいい。

お母さんと親せきの家に行くから遊べないと
言っていた友だちが、うちに遊びに来たよ。
「どちらさまですか」
「わたしよ」

ぼくを見ると、すぐにしっぽをふって
かけよってくる子犬をだきあげた。
「モコ、いっぱい遊ぼうな」

転校してきた友だちを、明るいえがおでむかえたよ。

うろたえる

学校(がっこう)に来(き)てくつをぬいだら、
左右(さゆう)ちがうくつ下(した)をはいていた。

おどろいたりあせったりして、
どうすればいいのかわからない。

あわてて ドアを開けて入ったら、
うちじゃなくてとなりの家だった。

○

トイレでうんちをしていたら、
ノックもしないでいきなりドアを開けられた。

○

「たしかにポケットに入れておいたはずなのに」
レジでお金をはらうとき、
いくらポケットをひっくり返してもお金が出てこない。

おかしい

ねむっていた弟(おとうと)が、

自分(じぶん)のおならの音(おと)におどろいて

目(め)をさましたよ。

おかしい

おもしろくて、わらいが止まらないほどだ。

弟と鼻のあなを大きくする競争をしたんだ。

ボールをけったのに、くつだけ遠くへとんでいっちゃった。

「しり文字ゲーム」をしているとき、
おしりで名前を書いていた
お父さんのズボンがやぶれた。

おしい

先頭（せんとう）を走（はし）っていたのに、

ゴールテープの前（まえ）で転（ころ）んじゃった。

もう少しのところで思いどおりにいかなくて、
くやしかったり悲しく感じたりする。

おしい

トイレに行っている間にバスが行っちゃった。
「うわっ、もうちょっと急げばよかった」

なわとびの試合で負けちゃった。
「たった1回の差なのに」

のりまきを作っていたら、
具を入れすぎて最後にのりが足りなくなっちゃった。

おそろしい

「まさか、目(め)も鼻(はな)も口(くち)も耳(みみ)もない
のっぺらぼうが出(で)てこないよね？」
おばあちゃんから聞(き)いたお化(ば)けの話(はなし)が、
やたらと頭(あたま)にうかぶ。

おそろしい

心配していることが起こりそうで、
気持ちが落ち着かない。

動物園のおりの中にいるトラが、
外にとびだしてきたらどうしよう。

ふとんをかぶってドラキュラの物語を読んでいたら、
とつぜん、まどがガタガタゆれたんだ。

お父さんといっしょに山登りをしていたとき、
何だかしげみからヘビが出てきそうな気がして……。

おだやかだ

すやすやねむっている赤(あか)ちゃんを見(み)つめたよ。

「赤(あか)ちゃんってほんとによくねるんだね」

心配事(しんぱいごと)がなくて気持(きも)ちがしずかだ。 **おだやかだ**

いなかの牧場(ぼくじょう)に遊(あそ)びに行(い)って、

草(くさ)を食(た)べるヒツジのむれを見(み)ていたの。

妹(いもうと)とけんかをしないでなかよくしているよ。

子犬(こいぬ)が母犬(ははいぬ)のおっぱいを

すっているのをながめているんだ。

落ちこむ

3時間かけて作った
ネックレスのひもが切れて、
ビーズがばらばらになっちゃった。

**思いどおりにいかないことのせいで
つらく、がっかりする。**

きのうまで晴れていたのに、遠足の日に雨がふるなんて。
「どうして今日にかぎって雨がふるんだよ」

すきな子につき合おうと言ったら、
ことわられた。

友だちが、ぼくだけのけ者にして遊んでるんだ。

落ち着く

お母さんのうでの中でねむくなるのを
待っているときの気持ち。

宿題(しゅくだい)を全部(ぜんぶ)かたづけてから、
ふかふかのソファにすわってテレビを見(み)ているの。

あたたかいゆかにねころんで、
すきな本(ほん)を読(よ)んでいるよ。

今日(きょう)からお姉(ねえ)ちゃんとはべつべつ。
ひとりで広(ひろ)びろとベッドを使(つか)えるんだ。

おどろく

「わあ、ウサギが赤(あか)ちゃんを産(う)んでる!」
こんなの見(み)るのはじめてだから、
自然(しぜん)と目(め)が丸(まる)くなるよ。

思いがけないことにむねがどきどきする。　おどろく

車を運転中のお父さんが、急にブレーキをふんだ。

「お父さん、気をつけて」

「きゃー！」
ゴキブリを見て、思わず悲鳴を上げちゃった。

路地をぬけて家に帰ったら、
とつぜん、となりの家の犬が
ぼくに向かってほえてきた。

思いやる

おこづかいでほしかったシールを

買おうと思ったけど、

お母さんのためにヘアピンを買ったの。

おもいやる

ある人や物を自分と同じくらい大切に思う。

大すきな友だちになら、

わたしがいちばんすきなカードをあげてもおしくないよ。

なぜだか、お母さんの足やお父さんのかたを

もんであげたくなっちゃう。

自分のマフラーを取って、弟にまいてあげたんだ。

「だいじょうぶ。お兄ちゃんはそんなに寒くないから」

がっかりする

ものすごくなやんでプレゼントを買ったのに、
今日はお母さんの誕生日じゃなかった。

がっかりする

願(ねが)っていたとおりにならなくて、
元気(げんき)がなくなる。

キックボードを買(か)ってきてくれるって言(い)ってたのに、
お父(とう)さんったら手(て)ぶらで帰(かえ)ってきたんだ。

勝(か)つと思(おも)っていたサッカーの試合(しあい)に負(ま)けちゃった。
「最後(さいご)の最後(さいご)に2点(てん)も取(と)られるなんて」

鼻(はな)くそをほじっていて今(いま)にも取(と)れそうだったのに、
すっとおくに入(はい)っちゃった。

悲しい

おばあちゃんが入院したので、
病院に行ってきた。

お母さんにおこられて、ひとりで部屋にこもっているよ。
「どうしてお母さんはよくわかりもしないで、
いつもおこってばっかりなの。
わたしがこんなにつらい思いをしているのも知らないで」

元気に大きく育っていたハムスターが死んじゃった。

童話を読んでいるんだけど、なみだが止まらない。

かわいい

子（こ）ネコをだっこしてみたいな。

「お兄ちゃんがだっこしてあげようか」
にっこりわらう赤ちゃんのほっぺたを、
さわってみたくなる。

ぼくがあげた草を、子ウサギがむしゃむしゃ食べたよ。

人さし指をほおに当てて、
かがみに向かってにっこりわらいながら言ってみる。
「どう？ かわいいでしょ？」

かわいそう

子(こ)ネコが雨(あめ)に打(う)たれているよ。

「かぜを引(ひ)いちゃわないかな？」

ほかの人や生き物がつらそうに見えて、むねがいたい。

かわいそう

「ああ、シンデレラ、どうしよう」
やさしくてかわいいシンデレラが
いじめられている場面を読んでいるところなの。

片方の羽がやぶれて、
うまくとべないセミが目の前にいるんだ。

ミミズが道の上でひからびそうになっている。

感動だ

たねをまいた植木ばちから芽が出たよ。

うれしい気持ちが心いっぱいに広がって、じんとする。

かんどうだ

「しっかり見てくれたよね。ぼくの後ろに二人もいたのを」

かけっこでいつもびりだったのに、ついに3等になったよ。

なかなかおぼえられなかった九九を、全部暗記した。

「ぼくもやればできるんだ」

問題を起こしていつもおこられてばかりのぼくが、

先生にほめられるなんて。

気が重い

金魚が死んだから、
土にうめてあげなきゃ。

暗い気持ちになったり、やる気が出なかったりする。

宿題をしないまま、学校に行く時間になっちゃった。

「今日は力が出ないな」

作文大会の学校代表になったけど……。

「賞をもらえなかったらどうしよう」

頭の中でいろんな考えがぐるぐる回って、

思わず下を向いてしまう。

「いったい、どうしたらいいんだろう」

気にかかる

運動場で楽しく遊んでいたんだけど、
かぎをちゃんとかけたかどうか思い出せなくて。

公園で拾った百円玉でおかしを買っちゃおうかなと思った。
「やっぱり落とした人をさがさないとだめだよね」

宿題をとちゅうでほうりだして、
外に遊びに出てきちゃった。

お父さんが手をあらわないでミカンの皮をむいて、
わたしにくれたけど……。

気になる

マダガスカルがどこにあるのか知りたくて、
地球儀を回してみたよ。

きになる

わからないことがあって、
とても知りたくなる。

お姉ちゃんとけんかした日、
お姉ちゃんの日記帳を開いてみたくてうずうずする。
「わたしの悪口をいっぱい書いてないよね？」

「いったい、どこへ行っちゃったんだろう」
レタスの間から出てきたカタツムリを
ベランダの植木ばちにうつしておいたら、
どこかに消えちゃった。

お父さんが荷物をつめた旅行かばんを
開けてみたいな。

気(き)まずい

口(くち)げんかしたお姉(ねえ)ちゃんと

なか直(なお)りしないままで、ねるはめに。

相手といっしょにいると
心がおだやかでなく、いやな気分だ。

先生にうそをついたのがばれるんじゃないかと
心配でたまらない。

しょっちゅうしかられる親せきのおじさんといっしょに、
ごはんを食べなきゃならないなんて。

けんかしたことのある友だちと、
となりのせきになっちゃった。

くやしい

えんぴつをなくしたとなりのせきの子(こ)が、

へんな目(め)でぼくを見(み)るんだ。

「ぼくをうたがってるの？」

思うようにならなかったり、何も悪いことをしていないのにおこられたりして、気分が悪い。

お母さんがぼくの部屋に入ってきて、
「毎日ゲームばかりして」とおこるんだ。
「さっきまでほんとに勉強してたのに」

弟がちらかした部屋を、
どうしてわたしがかたづけなきゃならないんだろう。

友だちとふざけていて花びんが落ちてわれたのに、
何でぼくだけおこられるのかな。

ごきげんだ

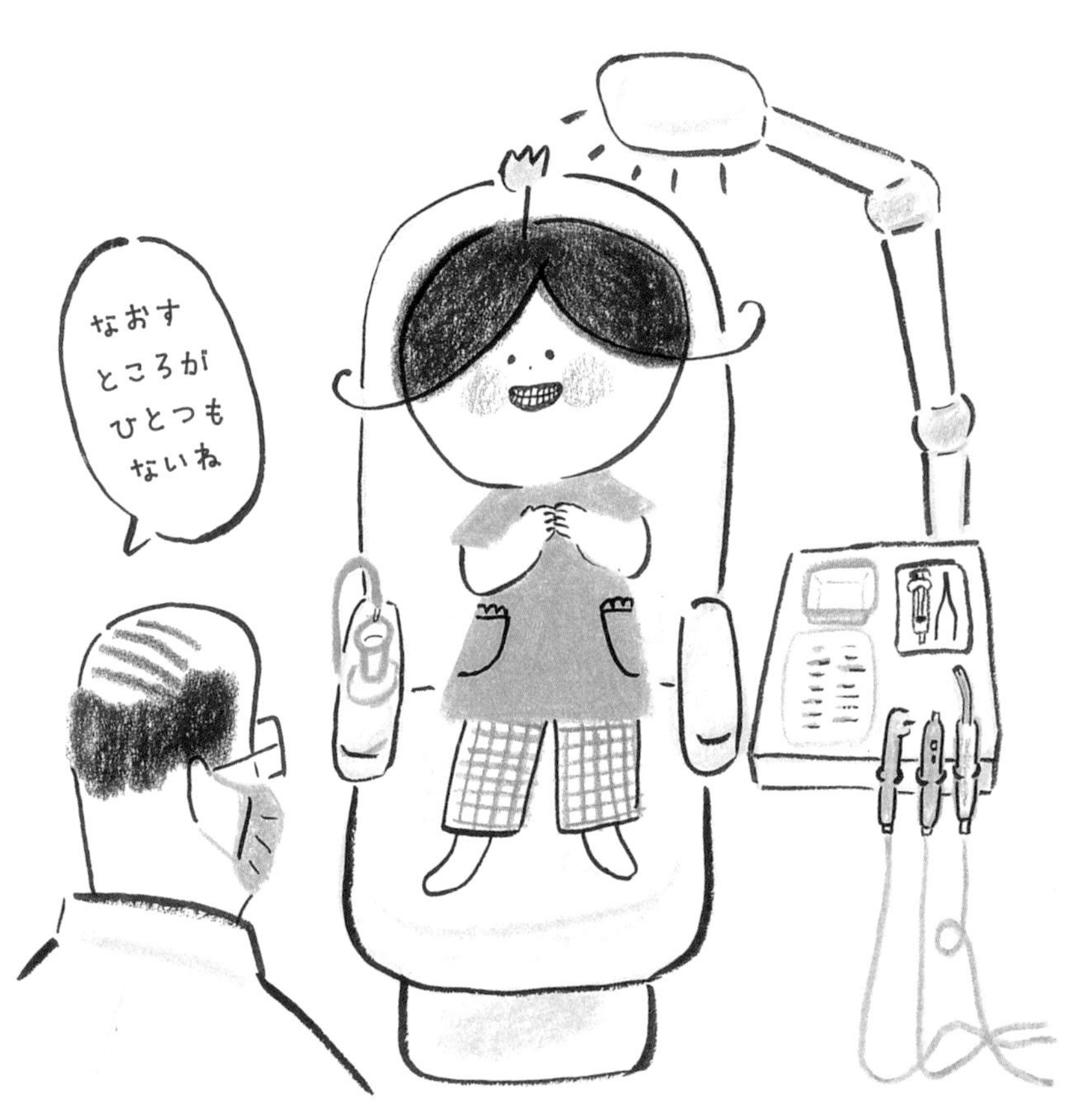

歯医者(はいしゃ)さんが、虫歯(むしば)がないって言(い)ってくれた。

「7、8、9、10、11……。うわあ！」

なわとびではじめて10回以上とべたよ。

すきな友だちの誕生日パーティーに招待されたんだ。

「わーい」

お父さんが仕事の帰りにケーキを買ってきた。

心があたたまる

おばあちゃんにもらったお年玉を、

めぐまれない人のためにきふしたんだ。

お父さんが休みの日の朝に、
マンションの管理人のおじさんといっしょに
雪かきしているよ。

おばあさんが持っている大きな荷物を持ってあげたんだ。
「今度もまた、手つだってあげるね」

お母さんがね、肉じゃがを、
ひとりぐらしのとなりのおばあさんの分も
作ってあげたんだって。

心がなごむ

学校の前の文房具屋さんで、
ようちえんのときに遊んでいたのと
同じおもちゃを見つけたよ。

夏休みに歩いたおばあちゃんの家の近くの石がきの道を、
冬休みにも歩いてみたよ。

おとなりのおばさんがおもちをくれたお返しに、
お母さんが自分でつけたニンジンのつけ物をあげたんだって。

お母さんとお父さんがいっしょにすわって、
なかよく話をしているよ。

さびしい

ひみつの話(はなし)を聞(き)いてくれる友(とも)だちがいない。

「みんなどこへ行っちゃったんだろう」
かくれんぼをしたいけど、
いっしょにやる友だちがいないんだ。

だれもいなくて、ひとりで留守番しなきゃならないなんて。
「今日はお姉ちゃんもいないから、
余計に時間がすぎるのがおそいみたい」

友だちがぼくの誕生日をお祝いしてくれなかった。

ざんねんだ

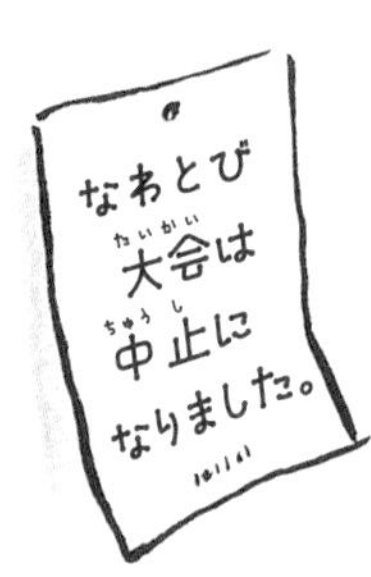

なわとび大会に出ようと思って
いっしょうけんめい練習したのに、
急に大会が開かれなくなったって。

期待やきぼうどおりにならなくてくやしく、何だかもの足りない。

ざんねんだ

先生の前で、九九をすらすら言えなかった。

「ひとりのときはうまく言えたのにな」

かぜを引いて、いなかのおばあちゃんの家に

行けなくなっちゃった。

「プレゼントまで用意したのに……」

お父さんといっしょにわき水をくみに行ったのに、

水がわき出ていないなんて。

幸(しあわ)せだ

家族(かぞく)みんなで輪(わ)になって、

かたをもみ合(あ)いっこしたよ。

お父さんがおしてくれるブランコに乗ってると、
宇宙までとんでいけそうだな。

家族でピクニックに行って、
最後にのこったおにぎりを分け合って食べたんだ。

「わが家」ってケーキみたいにあまく感じられて、
心がほんわかするよね。

じんとする

迷子(まいご)になってた子犬(こいぬ)を、
二日(ふつか)ぶりに見(み)つけたよ。

なみだが出そうなほどうれしい。　じんとする

きのう、けんかをした友だちがなか直りしようって
手をさしだしてくれた。
「わたしが悪かったのに……」

きらいだった友だちが、わたしの味方をしてくれたんだ。

「ごめんね。大すきよ」
わたしをしかったあとに、
お母さんがぎゅっとだきしめてくれたの。

心配だ

おかしを買いに行った弟が帰ってこないから、
スーパーまで急いで行ってみた。
「いつまでおかしをえらんでるつもり？」

算数の宿題をしてくるの、わすれちゃった。

歌が苦手なのに、
友だちの前で歌わなきゃならないなんて。

熱さましを飲んでも、妹の熱が下がらないよ。

すがすがしい

新(あたら)しい運動(うんどう)ぐつをはいて散歩(さんぽ)に出(で)かけた。

さっぱりして気持ちがいい。

部屋のカーテンを新しいのに取りかえたときの気持ち。

ぼさぼさのかみの毛をすっきり切ったんだ。

一面にきれいな空色のペンキがぬってあるかべを見たよ。

すっきりする

思いちがいで口げんかした友だちと
なか直りしたよ。

お母さんにうそをついてたことを打ち明けた。

「ふーっ、ほんとのことを言ってよかった」

思い切り泣いて、いやなことはわすれちゃった。

お父さんに言いたくてむずむずしてたことを全部話したんだ。
「じゃあ、今度はお父さんのひみつを教えて」

そうかいだ

ぐっすりねて、まどを開(あ)けて、のびをした。

「ああ、気持(きも)ちのいい朝(あさ)だ」

気分がさわやかですっきりしている。 そうかいだ

おふろに入ってあせを流したよ。

むし暑い夏の日に植物園に行って、
すずしい風に当たったり、すんだ空気をすったりしたんだ。

すっきり晴れた空をながめながら、鳥の声を聞いた。

たいくつだ

おもしろくない話を聞いてたら、あくびが出た。

「その話はもういいから、ほかの話をしない？」

算数の時間が早く終わればいいのに。

「ああ、わからない問題だらけだ」

お母さんったら、スーパーの前で会った
同じマンションのおばさんと
30分もおしゃべりしてるんだから。
「お母さん、待ちくたびれて死にそうだよ。
スーパーにはいつ行くの？」

とても分厚い本を読んでいるんだけど、
何のことだかさっぱり理解できなくて……。

楽しい

暑い夏の日にうき輪に乗って
水遊びをしたんだ。

ちょっとだけ遊んだつもりが3時間以上もすぎてた。

「友だちと遊んでるとあっという間に時間がすぎちゃうね」

お父さんと遊園地に遊びに行って、
お母さんが食べさせてくれない物を思いきり買って食べた。

お父さんと自転車で川ぞいの道を走ってあせを流したら、
心も体も軽くなってふわっととべそうな気分になったよ。

ついている

宿題をやるのをすっかりわすれていたけど、

先生は宿題のかくにんをしないみたい。

夜通(よどお)しふっていた雨(あめ)が、朝起(あさお)きたらやんでいた。

「遠足(えんそく)に行(い)けそうだな」

なくしたさいふを友(とも)だちが見(み)つけてくれた。

「君(きみ)のおかげで助(たす)かったよ」

学校(がっこう)にちこくするかと思(おも)ったけど、

ぎりぎり間(ま)に合(あ)った。

つうかいだ

そうじの係(かかり)を決(き)めるのに、

お父(とう)さんとじゃんけんしてぼくが勝(か)った。

サッカーでいつも空ぶりばかりしていたぼくが、

2回もゴールを決めた。

「負けてばっかりだったうちのチームが3対0で勝つなんて」

ぼくをばかにしていたお兄ちゃんとすもうをして勝ったんだ。

「ぼくが、カバみたいに大きなお兄ちゃんをたおしたよ」

フラフープ競争でいつもびりだったけど、1位になったぞ。

つらい

部屋(へや)のドアをしめても、
お父(とう)さんとお母(かあ)さんのけんかする声(こえ)が聞(き)こえる。
ふとんをかぶっても、聞(き)こえてくる。

ぼくがうそを言ったのも知らないで、

お母さんがほめてくれて……。

「ほんとのことを言えばよかった」

かぜを引いてせきが止まらない。

「ああ、鼻水まで出てきちゃった」

近所のきらいな年上の男の子が、

いっしょに遊ぼうってしつこくさそうんだ。

どきどきする

注射(ちゅうしゃ)を打(う)つ順番(じゅんばん)が近(ちか)づいてきた。

「いっそのこと、早(はや)く打(う)ってほしいな」

どきどきする

こわさ、不安、期待などで
落ち着かない気持ちになる。

下水溝に落ちた子ネコが
無事に助けられるのを待ってるんだけど……。

お母さんといっしょに作ったクッキー、ちゃんとやけたかな。

すきな子に告白したんだけど、
どんな返事が来るか気になってしようがない。

得意になる

妹がおもらしをしたから、

ぼくが着がえさせてあげたんだ。

ぼくの絵が、教室の後ろのかべにはられていたんだ。

○

夏休みの宿題を全部やったよ。

○

詩をふたつも暗記した。

「ぼくにこんな長い詩がおぼえられるなんて」

とまどう

びりじゃなきゃいいなと思っていたら、

1番だった。

「ぼくが5人中の1番だなんて」

思ってもいなかったことが起きて
何が何だかわからず、ぼうっとなる。

とまどう

部屋がちらかってるっておこられると思っていたのに、
妹のめんどうもよく見て、ごはんもちゃんと食べたねって、
お父さんにほめられたよ。

だれもいないと思って家に帰ってきたら、
家族みんながいて、誕生日パーティーを開いてくれるなんて。

顔をきれいにあらってきたつもりだったのに、
友だちに「今朝、顔あらった？」と言われちゃった。

荷が重い

うちの子は勉強もよくできるし、
運動も得意で、ピアノも上手で、
お手伝いもよくして、
弟のめんどうもよく見て……、
学級委員だって2回もやって、
せいせきも1番で……

親せきの前でお母さんとお父さんが、
ぼくのじまん話ばかりするんだ。

自分の力や気持ち以上のことをもとめられて心が重く感じられる。

にがおもい

「ぼくの誕生日に絶対来てね。プレゼントもわすれないで」
なかのよくない友だちから
誕生日パーティーに招待されちゃった。

かけっこは苦手なのにリレーの選手にえらばれた。

「お前はわが家のほこりだ。
だから、絶対に1番にならなきゃだめだ」
ごはんのときに、もっと勉強しなさいなんて
言わなくてもいいのに。

にくたらしい

お母さんが
いっしょに
使いなさいって
言ったじゃない！

「ぼく、ひとりで乗るんだもん」

まったく、自分のことしか考えないんだから。

にくたらしい

気に入らなかったり、
見ていてふゆかいなことがある。

悪いことばかりする友だちに言ってやった。
「おい、いたずらもほどほどにしろよ」

高いかばんを買ってもらったって、
友だちがじまんばかりするの。

弟がぼくの部屋で遊んで、
ちらかしっぱなしにするんだ。

はくじょうだ

友(とも)だちがひとりでかさを差(さ)して行(い)っちゃった。

はくじょうだ

思いやりがなくて自分につめたくする人が、
気に入らない。

お姉ちゃんが、わたしには少しも分けてくれないで、
ひとりで全部おかしを食べちゃったの。

○

わたしは、友だちにのりも三角定規もかしてあげたのに、
友だちは、わたしには消しゴムもかしてくれないんだから。

○

文房具屋さんにいっしょに行ったお兄ちゃんが、
自分の物ばかりいっぱい買って
わたしには何も買ってくれないなんて。

はずかしい

すきな子(こ)とすれちがうと、顔(かお)が赤(あか)くなる。

どこかにかくれたい気持ちになったり、
勇気がなかったりして、てれくさい。

親せきの人たちの前でおどってみろと
お父さんに言われたけど、
顔が赤くなってもじもじしちゃった。

弟がひとりでてきぱきと服を着がえているよ。
「ぼくは、お母さんに服を着せてって言うのに……」

友だちが家に遊びに来たのに、
自分の部屋がやたらとちらかっていた。

ばつが悪(わる)い

鼻(はな)くそをほじってるのを、
すきな子(こ)に見(み)られちゃった。

ばつがわるい

どうどうとできないことをしてしまって、ひどくはずかしい。

ようちえんに通う弟のおかしをうばおうとして、
けんかになっちゃった。

注射はしたくないと言って、病院の前で
だだをこねているところを友だちに見られた。

転んで、人前で泣いちゃった。

はらが立つ

何なの、
この部屋は！
今すぐ
かたづけなさい！
宿題もして！
遊ぶのはそれからよ!!

お母さんに大きな声でしかりつけられると、
ぼくも大声で口答えしたくなる。

2時間かけて作った工作の宿題を弟がこわしちゃった。

お兄ちゃんがわたしの色えんぴつを勝手に使ったの。
「わたしがお兄ちゃんのクレヨンを勝手に使ったときは
あんなにおこったくせに」

ゲームばかりやってないでってお父さんにしかられた。
「お父さんはいつもパソコンでゲームをしてるくせに……、
ぼくばっかり……」

はらはらする

お兄ちゃんが風船を大きくふくらましてるよ。

「もういいんじゃない？　われそうでこわいよ」

友だちが、わたしのひみつを
ほかの子にしゃべるんじゃないかと思って。

公園から家に帰るとちゅうに、
お化け屋敷で見たお化けが路地から出てきそう。

丸太橋をわたっているヤギが、橋から落ちそうなんだ。

びくびくする

真っ暗な路地を通るとき、とつぜん、
悪い人があらわれたらどうしよう。

ある人や物がおそろしく、心配になったりにげたい気持ちになったりする。

びくびくする

お姉ちゃんの物を勝手に使っちゃった。

「ばれなきゃいいけど」

教室で友だちにひどいことを言っちゃった。

「だれかが先生に言いつけたりしないよね」

平均台を落ちないでわたれるかなあ。

ひどい

給食（きゅうしょく）の列（れつ）にならんでいたら、

ほかの子（こ）がわりこんできた。

となりのクラスの子がぼくの悪口を言ってたって、
友だちから聞かされた。

あいつがやたらと友だちをいじめるんだ。
「おい、友だちをいじめちゃだめじゃないか」

妹が、勝手にぼくのはさみを使ってこわしちゃった。

ひねくれる

お母(かあ)さんにしかられたのがくやしくて、
雨(あめ)のふる日(ひ)にサンダルをはいて
学校(がっこう)に行(い)くと言(い)いはった。

意地悪な気持ちになったり、やたらと意地をはって、素直でなくなる。

お父さんにおこられて、
ドアをバタンとしめて自分の部屋に入った。
「ごはんなんか食べないもん」

弟ばっかりほめるから、
お母さんが着なさいっていう服なんか着ないんだ。

サッカーの試合に負けて、
ついボールを花だんのほうにけりとばしちゃった。

ひやっとする

横断歩道をわたろうとしたら、
車がびゅーっと目の前を通りすぎた。

ひやっとする

とてもおどろいて、むねをきゅっと
つかまれたような気がする。

子ネコがいなくなったと思ったら、高い木の上にいた。
「わっ、そんなとこにいるの？」

○

手がすべってコップを落としちゃった。
運よくわれなかったからよかったけど。

○

「じゃあ、この問題をといてみて」
先生が当てたのはぼくだと思ったら、
ぼくの後ろの子だった。

ふあんだ

お母さんもお父さんもいない家で、

ひとりで留守番中。

「どろぼうが入ってきたらどうしよう？」

ふあんだ

心配で、心がそわそわする。

かぎがこわれたトイレで用を足すとき。

「だれかがドアを開けたらどうしよう」

発表会のとき、笛のあなを

おさえまちがえちゃうんじゃないかな。

お母さんが大事にしている花びんをわっちゃった。

「ああ、どんなにしかられるだろう」

ふしぎだ

おばあちゃんがさわったら、

おなかがいたいのがうそみたいになおったよ。

ふしぎだ

**しんじられないほどすごくて、
ふつうだと起こらないように感じる。**

マジシャンのハンカチからバラの花とウサギが出てきた。

「いったいどうなってるの？」

おっちょこちょいのお兄ちゃんが

テストで100点を取ったんだって。

わたしがお母さんのおなかの中にいたときにとったっていう

超音波の写真を見せてもらったの。

ふゆかいだ

テコンドーの道場に通ったこともない子が、
ぼくのけりが下手くそだって言うんだ。

こんなに分厚い本を全部読み終えたって友だちに言ったら、
「お前、絵だけ見たんだろ」って言われて……。

冷蔵庫を開けたらくさった魚のにおいがした。
「ぼくのケーキが入ってるのに……」

そのとおりかもしれないけど、
「お前、勉強もできないじゃないか」って
友だちから言われるなんて。

へっちゃらだ

「転んだけど、たいしたことないさ」
いたくても、泣かずにがまんした。

へっちゃらだ

心配することや問題にすることがなく、だいじょうぶだ。


「次はきっとうまくいくはず」

とび箱は失敗したけど、なわとびはうまくとんでやるんだ。

○

今回のテストは全然だめだったけど、
次はかならずいい点を取るぞとえがおで自分に言い聞かせた。

○

「あともうちょっとで家だから」

かさがなくて、雨に打たれながら走って家に帰ったよ。

ぼうぜんとする

アイスクリームが、ぼうから
ぽとんと落(お)ちちゃった。
「しかたないから、ぼうだけなめたんだ」

ぼうぜんとする

とんでもないことや思ってもいなかったことが起きて、どうしていいかわからなくなる。

学校に行ったら、開校記念日で休みだった。

「あーあ、ごはんがたけていないなんて」
ごはんを食べようと家族でテーブルをかこんだら、
炊飯器のスイッチをおしわすれてた。

遠足におべんとうを持ってくるのをわすれちゃった。

ほこらしい

うちのクラスが、なわとび大会の団体戦で
賞をもらったよ。

お母さんが編み物を習って、

毛糸のマフラーを編んでくれたんだ。

「うちのお母さんはセーターだって編めるんだから」

ぼくが書いた詩を読んだら、友だちがはくしゅしてくれた。

書き取りのテストでひとつもまちがえなかったんだ。

待ち遠しい

「お盆にかならず行くからね」

いなかでくらすおばあちゃんに早く会いたいな。

だれかに会いたい気持ちや何かを待っている気持ちが強くて、時間を長く感じる。

まちどおしい

「あと二晩ねたら、お父さんが帰ってくるね」
お父さんが出張から帰ってくる日につけておいた
カレンダーの丸印をずっとながめていたよ。

寒い冬の日に、楽しく水遊びをした夏のことを思い出した。
「ああ、寒い。海で水遊びしたのが、なつかしいな」

友だちは元気かな。早く夏休みが終わればいいのに。

満足だ

ちらかっていた部屋をきれいにかたづけたよ。

「そうじ、終了」

むずかしい宿題を全部すませたぞ。

「ぼく、ちょっとすごくない？」

1年間、ちこくもけっせきもしなかったんだ。

さがし絵クイズで全部正解したの。

むねがいたむ

ぼくと遊（あそ）んでいて、妹（いもうと）がうでをけがした。

いなかのおじいちゃんが死んじゃった。

「どうしてあなたはそんなに勉強ができないの？」って
お母さんに言われたんだ。

飼い主とはぐれた子犬が、くんくん鳴いているよ。

むねがいっぱいだ

うちのクラスを代表して賞をもらったよ。
「みんなの前で賞状をもらうことになるなんて」

ゆめができて、むねがどきどきする。

「そうさ、ぼくはかっこいい看護師になるんだ」

絶対に読み切れないと思っていた、
さし絵もない分厚い本を最後まで読み切った。

空手の昇段審査を受けて黒帯を取ったんだ。

もうしわけない

ぼくが悪いのに、

代わりにお兄ちゃんがおこられちゃった。

「ぼくのせいで……」

弟に色紙をちょうだいって言われたのにあげなかった。

でも、あとから思ったよ。

「次はあげるから」


「ずっと勉強してたよ」

思い切り遊んでおきながら、お母さんにうそを言っちゃった。

友だちと公園で会うやくそくをしたのに、
家を出るのがおそくなった。

もどかしい

あの子がぼくをすきなのかきらいなのか、

わからない。

お母さんったら、せんぷうきもエアコンもつけないで、

暑い、暑いって言うんだから。

満員のバスの中は、体の向きもかえられないよ。

算数の問題をずっと見つめているんだけど、

とてもとけそうになくて……。

もの足(た)りない

歯(は)医(い)者(しゃ)で歯(は)をぬいてもらった日(ひ)、
歯(は)のあったところをやたらと
したでさわりたくなっちゃう。

ものたりない

心がすっかり空っぽになったみたいに
さびしい気がする。

三日もうちにとまっていたいとこのお姉ちゃんが、
家に帰っちゃった。

○

公園にあった大きな木が、
台風でたおれて切られてしまったよ。

○

二日間うちであずかっていた子犬を
おばさんがつれて帰ったんだ。

ゆうかんだ

歯医者に行って泣かないと
自分に言い聞かせた。

「ぼくはもう大きいんだから」

補助輪を取った自転車に乗るんだ。

転んでも泣かないぞ。

火の中にとびこんで、人を助け出した消防士を見たよ。
「ぼくも大きくなったら消防士になるんだ」

まちがったことをまちがってるって、ちゃんと言ったんだ。

ゆかいだ

お父さんといっしょに遊覧船に乗ったとき、

カモメがとんできて

わたしがあげたおかしを食べたよ。

お母さんとお父さんと電車に乗って旅行に行くの。

おもしろい映画を見て、
これからおいしい物を食べに行くんだ。

何だかわからないけど自然に鼻歌が出てくるよ。

ゆめごこちだ

じゅくもお休(やす)みだし、
勉強(べんきょう)しないでゆっくり休(やす)んだよ。
「ほんとにうっとりするような時間(じかん)だな」

「ぼく、君のことがすきだ」と言われたときのことを思い出しちゃった。

ふかふかのベッドでぐっすりねむって、今起きたんだ。

大すきな歌手がゆめに出てきたの。

わくわくする

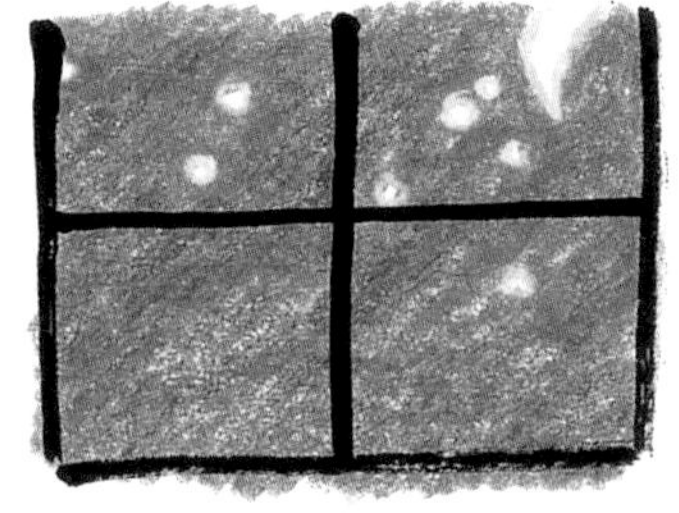

雨はふらないよね？

おべんとうを友だちと

いっしょに食べるんだ。

写真もいっぱいとって、

それから……

明日の遠足のことを考えるとねむれないよ。

すきな子とろうかでばったり会ったんだ。

ずっと乗ってみたかったバナナボートの順番が回ってきた。
「ライフジャケットも着たし、じゅんびオーケーだよ」

きれいなレースのドレスを着てみたよ。
「おひめさまみたいに、くるっと回ってみようかな」

文 パク ソンウ

詩人。1971年、全羅北道(チョルラプクト)生まれ。2000年、中央日報新春文芸で「蜘蛛」が入選し、デビュー。「尹東柱(ユンドンジュ)文学賞新人賞」など受賞多数。2006年以降、子ども向けの詩集も数多く手がけ、2019年には初めての絵本を出版した。本作は韓国で20万部を超えるベストセラーで、シリーズ化されて第4弾まで刊行されている。

絵 キム ヒョウン

イラストレーター。1987年、ソウル生まれ。漢陽(ハニャン)大学でテキスタイルデザインを専攻。大学休学中に美術教室に通い、イラストと子どものころに好きだった絵本について学んだ。邦訳された絵本作品に『あめのひに』(文・チェ ソンオク/ブロンズ新社)がある。

訳 清水知佐子 [しみずちさこ]

翻訳家。大阪外国語大学朝鮮語学科卒業。新聞記者を経て、韓国語の小説などの翻訳を始める。訳書に『完全版 土地』『原州通信』『クモンカゲ 韓国の小さなよろず屋』(以上、クオン)、『つかう? やめる? かんがえよう　プラスチック』(ほるぷ出版)などがある。

日本語訳にあたっては、必ずしも原著の直訳にこだわらず、現代日本の子どもに習得してほしい感情表現、その感情にふさわしい訳語と具体例を選びました。
日本語版独自の訳出を快諾いただいた原著者・出版社のご厚意に深く感謝します。